中公文庫

新装版

朱　唇

中華妓女短篇集

井上祐美子

JN092289

中央公論新社

目次

新装版　朱唇　中華妓女短篇集

朱唇

（一）

お客人。

この老いぼれに、何かご用かな。

このようにむさくるしいところへ、しかも世間に忘れられた儂《わし》のところへ人が訪ねてみえるのは珍しいこと。ごらんのとおり、雨露《あめつゆ》しのぐのがやっとという破《や》れ住まいじゃ。座る場所とてろくにないような家に、目ぼしいものなど何もない。物盗《ものと》りに来たのならば、お門違いだぞ。

だいいち、お客人の方が衣にしろ靴にしろ、ずっと上等で今風のものを身につけておいでではないか。時勢に遅れた老いぼれになど、ご用はなかろう。

なに、茶？

茶を所望と申されるか。

この儂にか。

ここが茶店ではないのを承知の上で、この年寄りにそうご希望か。つまり、つまり儂がだれかをご承知のうえでの——。

いや、いや、なんでもない。なんでもない話じゃ。儂の名など、どうでもよい。まして、いまさら昔の儂の身の上など、お客人にはかかわりのないことではないか。

今日、はじめてめぐり逢《お》うた者同士、互いのことは知らぬ同士でよいではないか。

茶か。

よかろう。何もこれ以上、訊《き》かれぬというのなら、ふるもうて進ぜよう。

しばし、待たれよ。

なに、この茶器か？　なんということもない。宜興《ぎこう》（江蘇省宜興で産する紫砂《ししゃ》陶器。茶器に適している）の急須じゃよ。古いだけがとりえの、そのあたりにいくらでもころがっているような。

なに、ちがう？

茶の香りが違う？

それは、茶の葉がよいのじゃよ。

なに、それもちがう？

味がちがう？　水がちがう？　恵泉《けいせん》の水であろうと？

莫迦《ばか》を申されるでない、お客人、ここをどこだと思うておられる。

南京《ナンキン》？

そのとおり。

それでは、恵泉はどこにあるかご存知だの？

さよう、無錫《むしゃく》じゃ。

たしかに、恵泉は天下第二の味と折り紙のついた水。その水で茶をたてればそれは甜《うま》かろうが、水をここまで運ばせるような財力が、落ちぶれたこの儂のどこにある。

——まあ、よい。

そうしょげずともよい。

教えて進ぜよう。お客人はどうやら、茶の味がわかるお方のようじゃ。これをお教えしても儂の恥にはならぬと思うでな。

味の秘密は、この急須じゃ。何杯、何万杯と茶を淹《い》れてきたこの茶器に、茶が沁《し》みこみ香りがまとわりつき、使いこんだ茶器の肌が水を肌理《きめ》細かに、味をまろやかなものにするのじゃよ。

これが——今となっては、これだけが儂の財産となってしもうた。そのとおり。若い時からの茶道楽が過ぎての。

酒で身代《しんだい》はつぶれぬが、茶で滅びるのはたやすいというとおり。あたら、茶の味がわかるのが仇《あだ》となってしもうた。凝《こ》りに凝ったあげくに、このざまじゃ。

後悔はしておらぬぞ。負け惜しみでなく、ほんとうに。

儂はこれだけが楽しみであったし、このおかげでおもしろい人生を送らせてもろうた。人には人の生き方があろうし価値観もあろうが、儂はこれで満足じゃ。この先、たいして長いわけでなし、これ以上の贅沢をしようとも、安楽に暮らそうとも思うておらぬ。栄枯盛衰、見るべきほどのものは、みんな見尽くしてしもうたものな。

おお、物も人も、ほんとうにたくさん見てきたぞ。

なに、お客人以上に、茶の味のわかる者はいたかだと？

そうだの——儂の知っておった者の中で、もっとも茶を好んだのは、なんといっても王《おう》月《げつ》であった。

——王月とは何者じゃと？

妓女《おんな》じゃ。金陵《きんりょう》（現在の南京）一の名妓とうたわれた——知らぬのか。しかも、妓女風情が茶をたしなむなどとはおかしいと？

いやいや、妓女たちをなめてはいかん。

卑しい職業というか。夜ごと契《ちぎ》る相手を替え、金銭《かね》で誠さえ売り買いする連中というか。

ほう、お客人、そう言うところをみると、こっぴどくふられたことがあるな。野暮なことを言って愛想をつかされたか、吝嗇《けち》な真似をして嫌われたか。

そうでなければ、むやみやたらとあの妓女たちは人を傷つけたり莫迦にしたりはせぬものじゃよ。

はて、それにしてもそれほどのたしなみがあるのに、面妖《めんよう》な。

金陵の、秦淮《しんわい》の妓女たちのことを耳にされたことはないか。古詩にも、何度も詠《よ》まれた場所じゃ。聞いたことはないか、

『夜、秦淮に泊して酒家に近し』

という句。

『商女《しょうじょ》は知らず亡国の恨み。

江《こう》を隔ててなお唱《うた》う後庭花《こうていか》』

というやつじゃな。

これは杜牧《とぼく》じゃから、唐代の詩だがの。情景はまったくおなじことであったよ。大江《たいこう》に流れこむ秦淮河、河に臨んで並び建つ妓楼の、華やかなこと。

水楼にひるがえる妓女たちの、羅《うすもの》や裳裾《もすそ》と管弦の音。風にこぼれる花、花、花。

夜には夜で、灯籠が川面に映じ、妓女たちを乗せた舟が行き交うて、ひと晩中、人の声と足音が絶えぬ。不夜城とはまさにあのこと。

今は、もう、見るかげもないがの。いや、曲《くるわ》はもとどおりあるが、焼けたり、こわれた

り。それに、時代が変わった。人も風俗も変わった。あのように典雅《てんが》で粋な士大夫《したいふ》がたも、才知、人柄にすぐれた妓女たちももうおらぬ。

ああ、思いだした。

思いだしたら、胸からこぼれて黙っていられなくなった。

——聞いてくださるか。

儂のことなどどうでもよいが、あの妓女たちの記憶が儂とともに朽ち果てるのは、哀れな気がする。別に後世に残してくれろというのではない。お客人の胸の底にだけ、ちと、憶えておいてくだされればよいのじゃよ。

（二）

王月の話であったの。

姓は王、名は月、月生《げっせい》ともいうた。字《あざな》は微波《びは》。

なんとも、麗しい字であろう？　水面《みなも》に映《えい》じた月、その月が細かな細かな漣《さざなみ》に乱されてちらちらと輝くありさまを、思い浮かべてみるがよろしい。

美人であったかと？

野暮なことを尋ねるでない。秦淮の妓女、それも一代の名を馳せた女に容貌で後《おく》れをとった者はないわい。人なみすぐれた容姿の上に、技芸、才知、人柄とそれぞれ優れたところがあって、いずれ劣らぬ者らばかり。李十娘《りじゅうじょう》、葛嫩《かつどん》、顧媚《こび》……。

――いや、まずは月生のことであったな。

むろん、文句なしに麗しい妓女であったよ。すんなりとした姿は、蘭かなにかのようでな。それがゆったりと歩《ほ》を進めると、裾からごくごく小さな足がちらりちらりとのぞくのじゃ。茶ばかりにしか興味のない儂でも、ときたまぼうっとなるくらい、なんともいえずたおやかで風情があって――。

いや、誤解するでない。儂と月生はそのような仲ではない。

その頃、すでに儂は老人であったし、月生は金陵で一、二を争う売れっ妓《こ》であったよ。月生と逢うだけで五両の銀子《ぎんす》が必要といわれたものじゃ。それも、何日も前から約束しての話。ひと夜を過ごすとなると、何月も前から申しこまねばどうにもならなんだ。

儂と月生は、友人であったのよ。そう、茶友というやつじゃ。お客人と同様、ある日突然やって来て、飲ませてくれというて以来の付き合いじゃ。茶の味を真にわかる妓女は、金陵にも少なかったでな。あの妓女は、儂の家を休息所にしておったのじゃよ。ふらりと寄ってては茶を一服、ゆっくりと味わって飲んでいた、それだけじゃ。

あの妓女も何も言わぬ、儂も何も言わぬ。ただ黙って茶を出してやる。黙って喫する。喫し終わったら、黙って出ていく。そういう付き合いであったのじゃよ。

先ほどもいうたように、月生がすぐれておったのは容姿だけではない。絵を描かせても一流、字もうまい、歌もうまい――。

しかしな、ただそれだけで金陵一になれたわけではない。

では、なんでだと思う?

わからぬ?

そうであろうな。

実はな、月生は妓女にしては無口な上に、たいそう気位が高かったのじゃ。これは、実はたいへんなことであった。というのは、月生は珠市《しゅし》の妓女であったのじゃよ。

なに、珠市の女であったらどうかしたのかと?

そうか。

知らぬのでは無理はないかの。

では、それから教えるか。

そもそも、金陵の妓院《ぎいん》とひとくちにいうが、曲として古く漢詩にもうたわれたのは旧院の方じゃ。

そう、秦淮河にかかる聚宝門《しゅうほうもん》は知っておろう。あそこから通済門《つうさいもん》にいたる川沿いのあたり、金陵城内の南端の妓院を、旧院というたのじゃ。

こちらはもともと、官妓《かんぎ》として設置された曲であるからの、官吏方《かんりがた》のおひきたてもあり、歌や踊りや芝居といった技芸をしっかりと仕こむところ――教坊司《きょうぼうし》もあった。官《おかみ》で、妓女ひとりひとりをしっかりと、登録し教育し管理し――保護もしておったのじゃよ。

だから、ここで育った妓女たちは、ただ色を売っているだけではなかったのじゃ。宴会をもりあげ、場をとりもち、時にはおえらい官吏方と丁々発止とばかりの機転のきいた受け答えもしてみせねばならぬ。

相手は科挙を通った進士《しんし》さま、それと対等に話す妓女たちもやはり、進士さま方が読んできた難しい本をひととおり読みこなし記憶し、時に応じてはそれをふまえて詞や賦《ふ》のひとつふたつも作る必要があった。

教養とたしなみと、双《ふた》つながらに備えた妓女の部屋は、名士が会合を開く場にもなるのじゃもの。ただ顔がよいだけでは、旧院の妓女はつとまらぬのよ。

珠市は、それよりちと劣っていたかもしれぬ。場所も少し離れた城内の水路沿い、内《ない》橋《きょう》のあたりでの。

町筋は狭くごみごみとして、秦淮河沿いに景色のひらけた旧院にくらべれば場末という感じがしたせいもあろう。

だが、泥中蓮《でいちゅうれん》を生ずということばもあるように、その中から美玉《びぎょく》が生まれぬということもないのじゃよ。

月生は、珠市の生まれであった。――おお、そうじゃ。母親も珠市の生まれの女であっ

った。娘が三人、月生が大娘《ちょうじょ》で、次が節《せつ》、末が満《まん》。いずれも器量良しで、三人とも妓女にな
った。

珠市に生まれついたのは、月生のせいではない。妓女になったのも、月生の本意ではなかったかもしれぬが、天然の麗質自《れいしつおの》ずから捨て難しというやつでの。

珠市育ち、しかもほんの孩子《こども》のころからの評判の娘では、ふつうに嫁に行くことなどおぼつかぬ。曲暮らしのつらさは母親が熟知しておったろうが、その母親にしてもまた、女が生きていくための他の生計《たつき》など知らぬしの。それで、姿がよくて歌がうまくて、頭もよければ妓女になるより他あるまいが。

十いくつかで丫鬟《かむろ》に出《で》、すぐに贔屓《ひいき》がついて梳櫳《みずあげ》。たちまち引く手数多《あまた》の売れっ妓じゃ。

世の中の人間の多くは不思議なことに、ああいうところの妓女は好きで身を落としたのではないと思うているらしい。それは、人それぞれの事情があって、いやいや売られて来た者もいる。だが、芸事が好きで好きで、曲の水が性分におうた者もいる。そう、思うほど悲惨なものではないのじゃよ。

――とはいえ、もちろんそれは、客を選《よ》り好《ごの》みできるほど格の高い妓女のこと。それは哀れな者もいた。一流の妓女ですら、禍福は男次第の他人任せじゃもの。誠のある男に落籍《ひか》されてしあわせに過ごした者など、数えるほどじゃ。

しかし、賤《いや》しい賤しいというが、おかしいとは思わぬか。そのように賤しい妓女をなぜ

相手にする。そもそも宴席に呼びつけ伽《とぎ》をさせるような男がいなくなれば、賤しい妓女も存在しようもなくなると思うがの。

妓女を金銭《かね》で売り買いする男と、売り買いされる妓女と、どちらが賤しいと思うかの、お客人。

なに、妓女がいなければ酒席がさびしい？

ならば、酒など飲まぬがよろしい。かわりに茶を飲めばよい。茶を飲んでいても、詩も作れる、文学も天下国家も、人生の深淵も語れるではないか。なにより、茶ならば酔うて醜態をさらすこともないぞ。

――とまあ、そういうわけにもいかぬか。茶でも、胸のうさは晴れないでもないが、生きているのもいやになるような夜は、茶ではよけい眠れぬものなあ。

ともかくも、月生はこうして珠市の妓女になったわけだが、好きでなったわけではないから媚《こ》びを売るような真似をせぬ。宴席に呼ばれても、にこりともせぬ。気にくわぬ客だと口もきかぬ。

それで、よく妓女がつとまったとな？

まあ、他所《よそ》から売られてきた娘なら、仮母《おかみ》からこっぴどい目にあわされたであろうの。だが、月生の場合は実の母親じゃ。俗にも仮母はお金銭が好き、実母は娘の綺麗なのが好きというほどで、たいして問題にはされなんだ。

それどころか、たやすく媚びを売る妓女ばかりの中ではめずらしい、つんととりすました冷たいところがなんともいえぬという評判がたっての。かえって有名になってしまった。そうなると、無理に笑わせようという者とてなくなっての。

それが、月生にとってよかったのか悪かったのか。とにかく、まこと、月とはようつけた名であったよ。月は夜空でしんと冴えるもの、決して地上で輝いてはならぬものであったのだろうよ。

そういえば、こんなことがあったな。

儂の家の隣に、さる商人の屋敷があっての。もう、亡い方々のこと故《ゆえ》、敢《あ》えて名は秘すが、許されよ。

そこにひとり公子がおっての。これがまあ、ご想像どおりの遊冶郎《あそびにん》、昼日中《ひるひなか》から旧院の妓女を大勢呼んで、屋敷内で宴というは聞こえがいいが、飲めや歌えの乱痴気騒ぎじゃ。

そのかまびすしいこと、下品なこと。

まこと、聞くだに耐えられなんだが、そこは隣同士のことで、下手に文句をつけていっては後で恨まれるだけ。一時のことと思うて、儂は黙って我慢しておったのじゃ。

ちょうどその時、月生が茶を飲みにきておってな。騒ぎを聞きつけて、儂の家の窓から隣家をのぞいたものじゃ。欄干に月生が身をもたせかけて、眉をひそめている図は、かの西施《せいし》もかくやとばかりの風情であった。

不思議なもので、声ひとつかけたわけでもないのに、窓辺の月生の姿はすぐに隣の連中の目についた。

紅い、艶やかなそのくちびるから、一言半句もれたわけではない。露骨にいやな顔をしてみせたわけでもない。ほんのちょっとばかり、眉を寄せてみせただけだというのに、すうっと音曲《おんぎょく》がやんだのには、儂の方がおどろいたな。

月生よりもずっと格上のはずの旧院の妓女たちが、月生の品と威厳に圧《お》されてしもうたのじゃ。妓女たちはそそくさと逃げかえり、宴はそこでおひらきとなってしもうたが、おかげで隣からは苦情もなにも来ずにすんだ。隣の敗家仔《どらむすこ》など、どさくさまぎれに月生の姿が拝めたもので、儂を恨むどころか礼まで言うてくる始末。

もっとも奴め、その後、正面きって月生を呼ぼうとあの手この手と苦労して金銭《かね》を相当につぎこんだらしいが、ついに対面かなわなんだとか。当然といえば当然、月生は気位が高い分、人を見る目もあったからの。金銭だけがとりえの野暮な男など、鼻もひっかけぬわい。

むろん、妓女の悲しさで金銭を山と積まれて、こうと母親に決められれば、相手にでなければならぬこともあった。が、そのかわり一言も口をきかぬ。

その強情なことといったら、ひと月もの間寝食をともにして、告げた言葉がたったのひとこと。

「帰ります」

だけだったというから、おそれいる。

ただし。

月生だから、このわがままが通ったのであって、他の妓女もこんな風だったとは思わんでくれ。

李十娘という妓女は、旧院の中でも一、二をあらそう美貌と、歌と、よい気立てをもちあわせておった。客あしらいがうまく、気がきいて明るいもので、名士の客がひきもきらぬありさまでの。十娘もまた、客が好きで心をこめて接待にあたっていたが、その十娘が泣いたことがある。

十娘はその字《あざな》を貞美《ていび》というのだが、妓女に「貞」というのはあたらないと馴染《なじ》みの客に言われた時じゃ。その客とて、嫌味で言うたのではなかろう。ほんの軽い気持ちでからかったのであろうが、これが十娘にはいたくこたえたらしい。

それはそうじゃ。好きで不貞なのではない。できることなら、心から好いたただひとりの殿御《とのご》のそばで、心やすらかに暮らしたいと、曲の妓女のほとんどがそう願っていたのにちがいない。

だいたいその男も、貞節を要求するぐらいなら、十娘を落籍して好きな男と添わせてやるぐらい、懐《ふところ》の深いところを見せてやればよかったのじゃ。

儂は妓女たちを見てきたから、よけいにそう思うのかもしれぬが、妓女たちが心から尊敬できる男が数少なかったのも事実であった。

あたら教養があり名士を客にもった妓女ほど、目が肥えてしまうのじゃな。これぞという男がたまにいても、そういうのに限って通うてくるだけの財力がない。器量と財力と双《ふた》つながらに備えている男となると――それはもう、妓女たちがほうっておくわけがない。あちらの花、こちらの花と誘いがかかって、おちおちひと処《ところ》で飲んでいられないありさまとなる。

なに、そんな目に逢うてみたい？

無理をいうな。

それができるのは、男としての器量がだれよりもたち勝っておる者だけじゃ。

少なくとも文武両道。

口先ばかりで腕っぷしはからっきしという奴が、色男をきどってよく威張るがの。真の色男というのは、金銭も腕力もあるものじゃ。ま、金銭はそこそこでもよいかもしれぬが、いざという時に惚れた妓女ひとり、身請けもできぬようでは色男とはいえぬではないか。

むろん、文の方がまるきりお留守では、妓女たちの教養が泣こうというもの。それなりの見識だとか、気概だとかがなくては妓女は惚れぬ。

そこまでいくと、容姿の方は二の次、三の次――とまではいわぬが、人三化七《にんさんばけしち》でもないかぎり、妓女は——いや世の婦《おんな》たちは、難しいことは言わぬものよ。男どもが、婦の顔と纏足《てんそく》のことばかりを云々《うんぬん》して、心映えなど塵芥《ちりあくた》のようにあつかうのとはちょうど逆じゃな。

なに、そんなによくできた男が、いるわけがない？

それが、いたからそう言うのじゃ。

王月という、名妓中の妓がいた同じ時代に、まるで約束された好一対《こういっつい》のように、そういう漢《おとこ》があらわれたから、人の世は不思議でもありおもしろいのではないか。

姓を孫《そん》、名を臨《りん》、字を克咸《こくかん》といって桐城《とうじょう》（安徽省桐城）のお人であったと記憶しておる。

正直いって、容姿の方は——いや、そう悪いものではなかった。ただ多少、背丈の方が不足といえば不足であったのだが、それでもなかなか精悍なお人であったよ。

みずから号して、飛将軍《ひしょうぐん》。文の方はむろんのこと、五石の弓を軽々とひく上に、その身の敏捷なこと、軽いこと。

そういえば、先の李十娘のところに姜如須《きょうじょす》という客があっての。これが十娘にぞっこんとなった。惚れこんだあげくに、流連《いつづけ》じゃ。それも一日二日ではない、ひと月ふた月の話というから、尋常ではない。

妓楼の方は、金銭さえ十分に払ってもらえれば文句も言わぬが、十娘目当ての客は他にもおる。如須どのを必要とする仕事もある。これは、なんとしても外に出てきてもらわねばならぬということで、その役をかって出たのが件《くだん》の孫克咸どのであった。

克咸どのは、深夜、十娘の家に人知れず忍びこんでの。深夜というが、金陵の妓楼じゃ。人目もそれなりにあるし、十娘ほどの妓女の部屋となると妓楼の中でも、奥まったところにある。なかなか、ただでさえ出入りできるものではない。そこへ克咸どのは、屋根づたいにたどりつくと、音もなしに部屋へ入りこんで如須どのをたたき起こしたものじゃ。

強盗にみせかけて脅したところ、それはもう、如須どのの驚くことといったら——。聞いた話だがの、いい年齢《とし》をした進士さまが、床に額をこすりつけて、ただただ助命を願ったそうじゃ。

なに、情けない、見苦しいとな？

仮にも男子ならば、かなわぬまでも抵抗するべきだとな？

それを、匹夫《ひっぷ》の勇という。

いやいや、すまぬ。気を悪くしたら許されよ。

話は最後まで聞くものじゃ。

如須どのはの、こう、命乞いをされたのじゃよ。どうぞ、十娘ばかりはお助けください。十娘にだけは傷をつけぬよう、お願いします——とな。

これもまた、勇気じゃと儂は思うがの。

これが本当の強盗だったとして、下手に手向かいして自分の身が危うくなるのは、いたしかたない。だが、たまたま、ともにいた十娘までが難を被《こうむ》るのだけは避けさせてやりたいという、如須どのの思いやりであったと儂は思うぞ。とっさの場合にそういう気配りができてこそ、一流の妓女と付き合う資格があるというものじゃ——。

おお、そうであった、孫克咸どのの話であったの。どうも、話が脇道にそれていかん。つまり、それほど克咸どのの身が軽かったということ、度胸がおありだったということじゃ。なんでも、屛風の上を歩けたともいうが、それは儂も見てはおらぬのでなんともいえぬ。

ここまで言えば、わかるであろう。その孫克咸どのに、月生が惚れたのよ。

（三）

まもなく、月生は儂の家にも克咸どのをたびたび連れて来るようになった。

まったく、似合いの一対とはあのふたりのことをいう言葉であったよなあ。

美男美女の取り合わせは、古来、幾人もあったが、あれほどのものはそう多くはあるまい。

——なに。

いや、みなまでいわずともよい。お客人の言いたいことは、わかるわい。千里の馬は常にあれども——というやつであろう？　名伯楽《めいはくらく》はつねにいるとはかぎらぬ。つまり、他にも美男美女は大勢いるのだ、儂の世間が狭くて知らぬだけだというのであろう？

ふむ。

そうかもしれぬ。

そうかもしれぬが、お客人。

儂はおのれが見聞きしたことしか、語れぬのじゃもの、仕方があるまいが。

もちろん、この国は広いのだし、月生以上の美女が他の城市《まち》にいなかったなどという気は、儂にもないぞ。

同じ頃に姑蘇《こそ》（蘇州）にいた陳円円《ちんえんえん》という妓女は、国を滅ぼした原因だといわれて詩に詠《うた》われたし、淮安《わいあん》の李香君《りこうくん》は戯《しばい》にもなった。おそらく、このふたりの名は後世にまで、長く残るであろうよ。それに比べれば、王月生などまさしく昼間の月のようなものじゃ。だからというて、決して月生の値打ちが下がるわけではないと思うがの、いかがなものであろうの？

――さて、惚れられた孫克咸どのの方だが、まんざらでなかったのはむろんのこと。なにしろ、音に聞こえた王月生が自分から進んで、逢いにきてくれるのだものなあ。五両の銀子もひと月前からの約束も、克咸どのには必要ない。逢いたいと、一筆書いて届ければ、返事ではなく本人がやってくるのじゃもの。

克咸どのの前では、月生もよく話したの。

とはいえ、ひっきりなしに喋るというわけではない、ぽつりぽつり、ふたことみこと、といったあんばいだったがの。それでも、無口な月生にすれば、ずいぶんとよく喋ったほうじゃ。

克咸どののもそのあたりは心得ておって、無理に月生の機嫌をとったり、しゃべらせようとはせなんだな。むしろ、月生に琴や琵琶を弾かせてじっと耳を傾けている方が多かった。時たま、克咸どのが詞をくちずさむと、ぽつりと月生があとをひきとって、対句をつける。それがうまく続くとにこりと笑いかわして、また月生が続きを弾くといった具合じゃ。まこと、静かで清雅《せいが》なものであったよ。

しかし、いかに清雅といったところで、金陵で一番人気の妓女をひとり占めしておるのだ。克咸どのには、いろいろと言う者もあっての。

ほれ、先の姜如須どのと同じことが、克咸どのの身にも起こったわけじゃ。因果応報とはよう言うた。

ところが、周囲がわずらわしくなると、克咸どのはとっとと月生を連れ出してしもうた。金陵の艮《うしとら》の方角に、棲霞山《せいかざん》というのがあっての。その麓に瀟洒《しょうしゃ》な住まいがあるのを借りて、ひと月以上、こもってしもうてな。

金陵城外まで逃げていったのは、やはりおせっかいな連中が邪魔をしに来るのを防ぐつもりだったのであろうな。

さすがの月生も、克威どのにめぐり逢うた頃は幸福そうな表情をしていたものよ。無口なことも、客を選り好みするのも変わりはないが、つんとすましてとりつくしまもないような、冷たい顔はしなくなった。物静かな、穏やかな――そうだの、春の水に喩えれば一番近いかの。

つくづく、月生は妓女には向いていなかったのであろうな。生まれ育ちだとか美貌だとか、琴や詩の才能だとかの問題ではない。あの女はただ、人を恋《こ》い、そのかたわらでひっそりと暮らすのがなにより性に合うていたのにちがいない。

王節という名を覚えておるか。

そうじゃ、月生のすぐ下の妹じゃ。

節もまた姉によく似た器量良しであったがの、身請けされて人に嫁いだ。といっても、珠市の妓女が人の正妻になどなれぬ。妾《めかけ》の身分であった。

正妻だの他の家人だのに気を使い頭を下げ、肩をすくめるような生活であったよ。夫にしたところで、寵愛はしてくれても、いったん家に入ってしまえば妻の手前、そうそうかばいだてもしてくれぬ。

男の家はたいして裕福でもなかったから、歌だの詩だのと浮かれ騒ぐようなこともなし、衣服も装身具もみな正妻のお下がりばかりで、それはもう質素なものであった。

珠市の妓女の時代とはくらべものにならないほど地味な暮らしをしながらも、節はなんとも幸福そうに見えたものよ。

いや、まちがいなく、あの妓女は幸福であったのじゃよ。たとえ妾の身分でも、好いた男のそばで一生を送れたものな。

月生もまた、妹とおなじ種類の女であったにちがいない。ただひとつの恋に、生涯のすべてを賭ける女であったのじゃよ。

克咸どのは男気のあるお人であったし、財産もそこそこにあった。これで、克咸どのが月生を落籍してくれていたら、物語はめでたしめでたしですんでいたのだがの。

そのとおり。

好事魔多しというやつじゃ。

いや、それともこれはやはり、克咸どのに罪があったのかもしれぬ。

というのは、克咸どのにはもうひとり、情を交わす妓女がおったのじゃ。

いや、横恋慕ではない。その妓女の方が先に知り合うていたのじゃからの。公平に言うて、月生の方が後から割りこんだのじゃ。

色恋沙汰に後先はない。とはいうものの、想いが移ったからというて先の女をあっさり見捨てるほどの薄情者には、克咸どのはなれなんだのよ。

前の妓女というのは、旧院の妓女での。

先の李十娘の朋輩《ほうばい》で、葛嫩《かつどん》というた。字を蕊芳《ずいほう》。

器量では月生に勝るべくもなかったが、その黒髪の量と麗しさだけをとって論じれば、よい勝負であったろう。とにかく黒目のぱちりとした、美女であったよ。

才芸の点について言えば、名妓のひとりである李十娘が口をきわめて誉めるほどであった。そしてなにより、葛蕊芳も気立てがよかったのじゃよ。

李十娘もそうであったが、蕊芳の部屋に来る客は、おのれの家でもそうはいかぬというほど、ほっとくつろいだ気分になれたものだった。

気性のおだやかな、おとなしやかな妓女での。克咸どのが月生に惚れこんでしまい、おのれの元への足がぴたりと途絶えてしもうても、ことさら恨むでなし怒るでなし。

むろん、悲しゅうないはずはなかったろう。だが、他の客も全部断り一時はどっと寝込むほどつらい想いをしながらも、ひとことも克咸どのへの恨み言を口にせなんだ。仕方がないと泣き暮らしはしたが、病気になっても月生に遠慮して、克咸どのには知らせてくれるなとさえ言うたそうじゃ。

しかしながら、言うなという話はかえって相手の耳に届くものでな。また、それを聞いて克咸どのも、蕊芳に気持ちが残ってしもうたのであろうよ。

月生が冴えた月なら、蕊芳は微風に揺れる花じゃ。どちらかを採ることなど、克咸どのにはできなんだのじゃ。

いやはや、なんとも羨ましい話であろう、お客人？

なに、そうは思わぬ？

先ほど、なにやら言うておったではないか。素直に羨ましいならそうと言えばよいのじゃ。

なにも、こんなところで意地を張ることはなかろうが。妙なお人じゃの。

金陵の名花、ふたつながらに惚れられて右往左往するなど、男冥利に尽きる話。当時、すでに世の中をなかば以上捨てておった儂でさえ、なんであの男ばかりがと妬《ねた》ましく思うたほどじゃもの。

――とはいえ、これは当事者にしてみれば、つらい話であったよ。

だれが一番つらかったかは、儂にもようわからぬ。ただ、儂は月生の苦しみようを目の当りにしておったせいか、あの妓女の心の裏が一番ようくわかったのじゃよ。

いや、月生も口ではなにも言わなんだ。

もともと、口数の少ない妓女であったし、他人に胸のうちを打ち明けることなど、皆無だったといってよい。

おそらくは、ひとりで懸命に気を張っていたのであろうな、あの妓女は。おのれの弱み――喜怒哀楽を他人に知られるのが恐ろしかったのではなかろうか。悋気《りんき》の虫を起こしているなどと、人の口の端《は》に上るぐらいなら、死んだ方がましだ――ぐらいに思うていたにちがいない。

その頃、儂のところへひとりで茶を飲みにきては、しばらくじっと物思いに沈んでいることがよくあった。玲瓏《れいろう》と冴えた横顔に、憂いの色を浮かべての。表面おだやかであっても、やはり、胸のうちには、熱く激しいものが渦を巻いていたにちがいない。くちびるを、きっと強く強くひき結んでいたものな。

形のよい艶やかなくちびるが、紅もさしておらぬのに赤く赤く染まるのを、儂は見たことがある。

それはそれは凄絶で——忘れられぬ色であった。

今でも、こう、目を閉じると思い出せるぐらいじゃ。おそらく、生きている間はまぶたの裏に染みついて、消えぬであろうな。

だが、月生はなにもしなかった。できなんだ。

蕊芳が泣いたりわめいたり、思いきり嫉妬をしてくれていたら、月生にも救いがあったのじゃろう。だが、蕊芳が耐えているものを、月生が取り乱すわけにはいかなんだ。

蕊芳を見くだして哀れむことができれば、月生もすっぱりと克蔵どのをあきらめ、譲ってやることもできたのじゃろう。だが、蕊芳に哀れまれ、譲られることは意地でも御免こうむりたいと——そう思うたにちがいない。

いや。

あくまで、これは儂の推測じゃ。

真実のところは、月生自身に訊かねばわからぬよ。しかも月生自身におのれの気持ちがわかっておったかというと――さあ、どうであったろうの。

おのれの心の隅から隅まで、明瞭にわかっておる人間など、おるものであろうか。

いっそ、どちらかが相手のところへ乗り込んで罵《ののし》りあうとか、つかみあいの大喧嘩でもできれば、よかったのかもしれぬ。たしかに見苦しい、醜い争いとなったかもしれぬ。ふたりの美妓《びぎ》の名声も、克咸どのの面子《めんつ》もそれでつぶれたかもしれぬが、なに、そんなものはほんの一時のこと。

ふたりとも、もとは頭のよい情の深い妓女じゃもの。案外、胸のわだかまりを捨てられれば、仲良くなれたのではないかと今でも思うのじゃよ。

月生に、蕊芳と張りあおうという気持ちが生じたのは、自然の成り行きであったかもしれぬ。おのれが相手よりも手に入れる値打ちのある妓女だと、克咸どのにわからせたいと願ったのよ。

あれは崇禎《すうてい》十二年（一六三九）の秋、そう、七夕のことであったよ。

旧院の水楼に仮住まいをしていた方密之《ほうみつし》というお人が、宴会にかこつけて金陵中の名士と主だった妓女たちを招きよせられた。

金陵の妓女の中で、誰がもっとも優れておるか――器量、技芸、その心映えなど、いろいろと批評を加えて、これぞという妓女に、女状元《じょうげん》（科挙の第一位合格者）の称号を贈ろうという趣向じゃ。

ふだんなら、月生はけっしてそんな招きには応じなんだ。他人にあれこれ批評されるまでもなく、第一はおのれだという誇りと自信と――まあ、思い上がりもあったかもしれぬが、そう信じていたからの。

それがその夜、出かけていく気になったのは、やはり克咸どのに見せつけてやりたいという気があったからじゃと――いいようによっては、蕊芳と張り合うことに疲れて、心が弱くなっておったのかもしれぬ。

方密之どのは、克咸どのの友人であったから、克咸どのがその宴に顔を連ねるのはまちがいなかったしの。

なに、結果か？

それは、いうまでもない。

『月中の仙子、花中の王』とは、その夜の月生を詠った句じゃよ。

月生が第一に選ばれて、一段高い席につけられると、居並んでいた妓女たちの姿がすっかりかすんでしもうた。改めて足もとにも及ばないと思い知らされて、妓女たちはひとり消えふたり逃げ帰りしたものよ。

月生も、表面はそれほど有頂天なようすも見せなかったものの、よほどうれしかったのであろうな。先の句をさっそく、おのれの手巾《しゅきん》に刺繡させたものよ。

だが、何がうれしかったろうというて、この後、克咸どのがにわかに落籍の話を持ち出したのが、月生には一番うれしかったであろう。思惑が見事にあたったのじゃものなあ。

それがまさか、その直後、あのようなことになろうとは。

そう、誰もが認めた金陵一の妓女という評判が、月生の運命を変えたのよ。

——蔡香君《さいこうくん》というお人は貴陽《きよう》の名士で、何事につけても強引で、欲しいと思ったものは何がなんでも手に入れるといった性格であったそうな。いや、儂は逢うたことはないから、他のことはよく知らぬがの。まあ、無能なお人ではなかったかと思う。なにしろ、銀子で三千両、ぽんと月生のために投げ出したのだから。

そうじゃ。

月生は、蔡公に請け出されることになってしもうたのじゃ。

むろん、月生の意志ではない。しかも克咸どのの話の方が、あきらかに先であったにもかかわらず、月生の父親が三千両という金額に目がくらんでしもうたのじゃ。

三千、とひとくちにいうがの。

兵士ひとりを養うのに、年間に四、五両かかるといわれた頃の話じゃ。何百人という人間が一年、食べて着られる額——ということは、ひとりの人間ならば一生、贅沢三昧で暮らせる金を目の前にさしだされて、平静でいられる人間がおろうか。

父親も母親も、彼らなりに月生を可愛がり大事にしていたのであろう。しかし、目の前のもうけ話をむざむざと蹴り飛ばして、好いた男に嫁がせてやるほど、性根の据わった者らでもなかったのじゃろう。克蔵どのもまた、いくら甲斐性があるというても、さすがにそこまでの額の工面はとうてい望むべくもなかった。

いや、責めておるのではない。それが、人というものじゃ。たとえば儂が、月生の親の立場であったとしたら――やはり同じことをしたと思うぞ。克蔵どのの立場であったとしても、いくら惚れぬいた女のためとはいえ、あとの暮らしが立たなくなるような無理はできなんだろうよ。

彼らは彼らなりに、苦労もし、悩みもしたのだと思うてやりたい。

そうでなければ、月生も報われぬ。

――月生か？

諾も否もなかろうが。

金銭が支払われ、吉日を選んで迎えに来ると言われれば、黙って待つ以外、月生に何ができる。あいかわらず、泣きもせず怒りもしなかったそうだがの。

いや、その頃の月生を、儂は見ておらぬ。

身請けが決まった後、ふっつりと儂の家に来なくなった。それはそうじゃ、身請け先が決まれば、おのれの身はおのれだけのものではない。そうそう出歩くことが許されようはずもない。

儂が月生の姿を見たのは、その頃が最後ということになる——。

これは噂で聞いた話だがの。

横取りされた形となった克咸どのと、月生は最後に、一度だけ逢うたそうじゃ。お膳立てをしたのは、蕊芳じゃ。つい昨日まで憎い恋敵であった妓女を、一夜、おのれの部屋に呼びよせて、三人でひっそり別れの酒を汲みかわしたのじゃよ。

そこで何が話されたか——はたして月生が日頃の気位を捨てて、蕊芳と胸を割った話ができたか、同じ漢《おとこ》を恋うた者同士わかりあえたか——儂は知らぬ。ただ、そうであってほしいと願うまでじゃ。そうでなければ、月生も蕊芳も、哀れじゃものな。

噂では蕊芳が、克咸どのと泊まっていくようにさえ勧めたそうだが、そのあたりは噂についた尾ひれかもしれぬ。どちらにしても、月生は断って、ひとり帰っていったそうだがの。

蔡香君が迎えにきたのは、それからすぐのこと。

こうして一代の名妓と称えられた王月生は金陵を去っていったのじゃ。

(四)

克咸どのは、月生を失ってからしばらくの間は、すっかり気がぬけたようになっていたが、やがて蕊芳を身請けして側室とした。

だが、それもあまり長い間のことではなかったな。

そうじゃ。

さっき崇禎十二年の話というたろう。

世の中は、とっくの昔に妓女どころではなくなっていたのじゃよ。

北には清《しん》の軍勢が押し寄せ、国の内では闖王《ちんおう》の李自成《りじせい》だの張献忠《ちょうけんちゅう》だのが、あちらこちらを荒らし回っていた頃じゃ。

百姓は、不作だの税金だの匪賊《ひぞく》の害だので塗炭《とたん》の苦しみを味わっておる時に、おなじ城内で妓遊びにうつつをぬかし、一夜で何十両と費やしてしまう者もおる。これで、世の中がひっくりかえらぬ方が不思議じゃ。

思えば、なんと傲慢であったことか。

なに、儂も同罪じゃとな？

むろん、儂のことも含めての話じゃよ。

儂はこのとおり、きちんと報いをうけたし、克咸どのも蔡公もまた例外ではなかったのじゃよ。

克咸どのが閩《びん》（福建）に移ったのは、崇禎十七年（一六四四）――そう、あの年のことであったよ。

闖王に北京を攻められ、崇禎の帝がおかくれになった年。闖王の部下に、側室の陳円円を奪われたと知った呉三桂《ごさんけい》将軍が、山海関《さんかいかん》を開いて清軍を導きいれた年じゃ。克咸どのは、みまかられた崇禎の帝にかわって閩で立たれた唐王《とうおう》陛下のもとに、馳せ参じたのじゃ。だが、奮戦むなしく敗れて捕らえられた。

その時、蕊芳も克咸どののかたわらにあったという。ともに捕らえられ、敵将の前に引き出された蕊芳は、克咸どのより先に舌を噛み切って果てたという。

おとなしい蕊芳が、よくもそんな思いきったことをしたものじゃと思う。だが、蕊芳は克咸どのが降伏する気のないのを悟って、心残りのないように先に自裁して見せたのじゃよ。克咸どのも、笑うて殺された。ふたり、同じ日に、寄り添うて死んだのじゃ、本望であったと儂は思うぞ。

——月生か？

蔡公は廬州《ろしゅう》（合肥）の役人となって赴任しておっての、月生もそこに伴われておったのよ。

蔡公も、月生を大切に扱《あつこ》うていたと聞く。悪いお人ではなかったらしいし、月生もそれほど不幸ではなかったのではないか。そう、儂は思うことにしておる。

というのも、その幸福は、克咸どのと蕊芳よりも短かったからじゃ。

崇禎十五年（一六四二）の五月のことと聞く。

張献忠めが廬州を攻めて、蔡公は殺された。蔡公の家は賊どもに踏み荒らされ、月生も献忠めの前に引き出されたそうな。

そこで起こった一部始終、儂には想像できるような気がする。

賊が、金陵の妓女の状元とうたわれた月生の美貌に、目をつけぬはずがない。その噂を耳にしておったとしても、不思議はない。賊はわが意に添えと迫ったにちがいないし、月生が諾と言うはずもない。

今でも、儂には見えるような気さえする。あの月生が白い玲瓏とした面を半眼にして、細いほそい頸をわずかにもちあげるようにした風情。

紅いくちびるからころがり出すのは、たったひとこと。

「嫌です」

それきりであったにちがいない。

聞けば、賊に命乞いして配下に加わった男どもも、相当にいたらしい。

命が惜しいのは誰でも同じ。いちいち責める気はない。安全な場所からはなんとでもいえるが、同じ立場に立った時に口にしたとおりの行動をとれる者は、ごく少ないというからの。

儂か？

そうだの、おそらく卑怯未練な真似をしたのではないか。察してくれい。だからこそ、こうして老残の身をさらしておるのではないか。

ただ、そういう連中に比べて、ずっとか弱く卑しいはずの月生の最期が、なんともいさぎよく感じられるとは思わぬか。

——そうじゃ。

張献忠といえば、のちに四川に入って、民をことごとく殺し尽くしたという奴じゃ。さからった月生が、無事にすむわけがない。

——繰《く》り言《ごと》は、いくらでもある。

もしも、月生があれほど気位が高くなかったら。もしも、蔡公に身請けされていなかったら。もしも、美貌に生まれついていなかったら。もしも——。

だがの。

たとえば月生本人に、もう一度人生をやり直させてやろうといったところで、おなじ道を歩んだのではないか。いまさら器用に生き方を変えられるぐらいなら、最初からそうしたのではないか。王月は、高慢で意地っぱりで不器用で一途だったからこそ、王月たり得たのではなかろうか。

いや、これもまた、繰り言じゃ。

最後にひとつだけ、話して終わりにしようかの。

これは、ずっとずっと後——明が滅び清がたち、張献忠も討伐されて世の中が落ち着いたあとになって、耳に届いた話だが。

月生の首はそのまま、盆に載せられ、献忠めの手下どもの前にさらされたそうじゃ。これが、金陵一とうたわれた美姫の貌《かお》じゃ、皆に拝ませてやるというての。

その日、盆に載せられた月生の首――その首のくちびるだけが生きたようにぬれぬれと、紅く輝いて、まるで今にも、なにかいい出しそうだったということじゃ。

――なに、最後になって、気色の悪い話をするな？

そうかのう。

儂はむしろ、月生らしい話だと思うておるのだがの。もっとも、儂はその色を容易に思いうかべられるせいかもしれぬ。

そのくちびるは、月生の最後のことばを知っておるのじゃ。

もしかしたら、声にこそならなんだかもしれぬが、それが知りたいと思うのじゃ。知ったところで、いまさらどうなるものでもないがの。

ただ、儂は、あの紅いくちびるから、そのことばが出るところを見てみたかった、聞きたかったと思うだけじゃ。それが、月生の真実の想いであったような、そんな気がしてならぬだけじゃよ。

なに？

儂の気持ち？

茶友などといいながら、やはり月生に惚れておったのではないかとな？

いまさら、何を言いだす。お客人もくどいの。そんなものが、儂にわかるものか。

いうたであろう、おのれの心の隅までわかる者が、そうそうおるかと。

ああ、わかった。お客人にまかせるわい。なんとでも、好みに合うように想像をたくましくされるがよい。

背信

「妓女《おんな》をひとり、助けてほしいのです」

突然、そんな依頼が舞いこんだのは、金陵《きんりょう》（現在の南京《ナンキン》）の秋も深くなった頃だった。依頼してきたのは、余懐《よかい》という男——無位無冠だが、金陵の秦淮《しんわい》あたりに出入りして、かなりの文名を誇っている士人《しじん》だった。金陵城内をながれる秦淮河沿いは、両岸に一流の妓楼がたちならんでいる。そこで名を知られるということは、かなりの花々公子《かかこうし》（遊び人）というわけだ。

依頼された側は、中国には珍しい二字姓で王子《おうじ》、名を其長《きちょう》という男で、こちらは金陵の郊外に居をかまえる文人である。官職こそないものの、金陵の高官と交際する名士でもあった。ただし、彼らは今日のこの日まで、一度の面識もない。

それだけに、余生（生＝〜氏ほどの敬称。士人の略敬称）の訪問にけげんな顔を隠せなかった王子其長は、いきなり切り出された用件に、さらに不審そうな表情を重ねた。

其長はすぐには返答せず、しばらく無言のまま余生の面《おもて》をじっと見ていた。

「貴殿が妓女と言われるからには、秦淮の妓女でしょうな」

「いかにも」

「すぐに具体的に名を挙げられなかったのは、私とは面識のない妓女ということだ」

「そのとおりです」

其長は嘆息して、

「無茶な話だとは思われぬか」

かるくたしなめるように余生を見た。

「わざわざおいでになった方にこう言うのはなんだが、誰に頼んでも即座に引き受ける者はいますまい。妓女だからというのではありませんぞ。だが、顔も見たことのない人を助ける義理が、私にあるとは思えない。それとも、なにか因縁でもあるというなら、話は別だが」

余生の方は二十代の終わり、其長は四十代で王子其長のほうがかなり年かさである。その上、遊処《ゆうしょ》に足しげく通っているせいか、余生のほうの衣服は流行を追ったもので、軽薄に見えないでもない。そのあたりを其長は見とがめたのだ。

「そもそも、今がどんな時だと思っておられる。わが明国《みん》は今、国内には流賊が横行し、北からは満族めが攻め寄せてきている。にもかかわらず、朝廷の内には宦官《かんがん》とその一味の閹党《えんとう》があって、ついこのあいだまで政《まつりごと》を私《わたくし》していた。先の天啓《てんけい》の帝がご崩御になって、ようやくその輩《やから》を宮中から追い出したばかり。心ある者は、どうやってこの国をたて直そうかと頭を悩ましているこの時に、妓女や音曲《おんぎょく》にうつつをぬかしていて、恥ずかしいとは思われぬか……」

王子其長は、ただ高官らと交際しているだけではない。彼らの顧問的な立場にあって、間接的に国事にもかかわっている。舌鋒鋭いのも、口を開けばひとことが長いのも、仕方のないことだった。

だが、

「さしで口は重々承知ながら、ひとこと言わせていただければ、男子なら、世の中のために働いてこその人生。あたら、才能を秦淮河に浮かべて、一生を無駄になさる気か」

年長者とはいえ、これはよけいなお説教だった。

実をいえば、王子其長のこの台詞《せりふ》は、なかばは本心、なかばは挑発で、余生の出方をみてみようとしたものだった。ふつうなら、これで怒りの色のかけらでも顔にうかぶものだが、余生は神妙に耳をかたむけた上で、真剣な表情をあげたのだ。

「お怒りは覚悟の上、国を憂う気持ちも、ないわけではありません。そもそも、初対面の方に頼み事をすること自体、無礼千万。ですが、だからといって目の前で困っているかよわい者を見殺しにするわけにはいきません。万策尽きて、おすがりするより他、ないのです。とにかく、事情だけでも耳に入れてはいただけますまいか。その後で、叩き出されても文句は申しません」

「ふむ、そこまで言われるのなら」

聞くだけは、と其長はいった。その上でなおも、

「ですが、ごらんのとおり、我が家には余分な金銭《かね》はありませんぞ。どういう助力をお望みなのかは知らないが、断ったとしても悪く思わないでいただきたい」

釘をさす。

「金銭が欲しいのではありません。頓文《とんぶん》のためなら、百や二百、出してもよいと言う方は大勢います。現に、それで今、保釈が許されているんですが、このまま手をこまねいていては、また罪に問われて牢に逆戻りです。それを防ぐために、是非にも王子どののご助力が必要なのです」

「頓文というのか」

「それが、妓女の名です。小字《おさなな》を小文《しょうぶん》といいます」

「ほう……」

そこで、其長ははじめて興味を持ったようだ。

「頓というと、もしや教坊《きょうぼう》で琵琶《びわ》を教えている頓仁《じん》の縁者だろうか」

「ご存じですか。その頓老人の孫娘です」

「すると、その孫も琵琶の名手か」

「琵琶も佳《よ》くしますが、琴の方が得意です。それで別に号を、琴心《きんしん》と私がつけてやりました」

と、そこで、余生はすこし顔を赤らめたようだ。女と身体の関係があったことを、みずから白状したようなものだ。自分の女を助けるのに、見ず知らずの人の力を借りにくる厚顔さは、十分に承知しているのだろう。それに、教坊の妓女なら、余生だけが男というわけではあるまい。

其長は聞き流すことにした。

「それで、何があったのです、その琴心に。聞いていれば、保釈だ牢だと、おだやかではない話ばかりだ。琴心とやらが何か、罪でも犯したのか」

「いいえ、それが、いってみれば巻き添えというやつで……」

若い余生が語りはじめるのを、其長は知らずしらず、身をのりだして聞いていた。

「頓」という姓は、明の教坊に籍を持つ者に多かった。他に、「脱《だつ》」という名字も多い。これはもともと中国にあった名ではなく、蒙古《もうこ》系の姓名に、漢字の音をあてて華人風になおしたものだという。それが教坊——官の設置する妓苑《ぎえん》に多いのは、蒙古の王朝である元《げん》が滅亡した時、国内に残った蒙古人の多くを妓籍《ぎせき》に入れたからだという。

とはいえ、明朝も成立して二百五十年以上経《た》ってしまうと、蒙古人とわかるのはその名だけで、外見も中身も区別などつけようがなかったが。

世の中が乱れてくると、華人でも、極貧の中で娘を妓楼に売る家が後をたたない。これは貧しい家に生まれた、器量のよい娘に共通した悲運だった。

それでも、頓琴心の祖父の頓仁は琵琶の名手として秦淮では有名だった。その孫として、琴心も教坊でそれなりに尊重されていたという。

そのままであれば、彼女が望めば教坊の暮らしの泥が身につく前に身代《みのしろ》をはらって、妓籍をぬけることも可能だったにちがいない。実際、琴心は早くそうしたいと願っていたようだ。

阻《はば》んだのは、祖父の頓老人だった。琵琶の名手ともてはやされはするが、男が——それも老人が教坊でつとめても、たいした実入りにはならない。遊処の暮らしでは、自然、つきあいも派手になる。足りない金銭を、頓老人は妓女になった孫娘に借りにきた。

時には、人に貸す大金を、琴心の名義で前借りしていったこともあるという。そのたびに琴心は泣くのだが、泣いていさめても聞き入れる老人ではない。娘が親のために苦労するのは当然の孝、まして親の親に尽くすのはあたりまえではないかという論理だ。おとなしい琴心はそれ以上、抗議もできない。祖父がただひとりの身よりということもあって、いわれるままに金銭を渡していたという。

事件もまた、頓老人がらみの金銭が原因だったという。

「李《り》某という小商人《こあきんど》がおりました。この男がつねづね琴心に執心で、老人に身請けの話をもちかけていたのです。ところが、琴心自身がなんとしても首を縦にふらない。それはそうです。好まぬ相手に落籍《ひか》されるのは天運と思ってあきらめるにしても、足を洗っても祖父が金銭をせびりにくるのでは同じことです。主人に気がねしながら、他人の金銭を祖父に渡すぐらいなら、自分の手で祖父を養う方がどれほど気が楽かと言うんです」

「――筋が通った考えだな」

「ところが、老人は承知しない。李に落籍されれば、自分もろとも引き取ってもらって贅沢三昧に暮らせるものを、と琴心を責めたてたあげく、勝手に李から金銭を受け取って姿を消してしまいました。琴心は教坊に籍を置く妓女ですから、本来なら、教坊に納める金銭です。しかも、李が迎えに来るまで、教坊の者も琴心自身も、金銭の受渡しのことを知らなかった――」

「しかし――それでは琴心とやらに罪はない。教坊に金銭が支払われていないのだから、仮に落籍《らくせき》を承知していても、どうにもなるまい。よく調べれば、すぐにわかることです。悪いのは、頓老人ひとりでしょう」

「それはもちろん、そのとおりです。すぐに老人の行方を捜すよう、手配はしたのですが、とにかく李がさわぐのです。老人とぐるになって騙《だま》したのだとか、孫が知らないはずがないとか。たぶん、上の方へ手を回したのでしょう、老人が見つかるまでは牢に入れておくという沙汰《さた》がでてしまい……。先ほどもお話ししましたとおり、保釈が認められたのも、裏にそういう事情があったためなのです。ただ――」

余生はいたましそうに、嘆息した。

「家にはもどれたものの、監視が四六時中ついております。妓女といっても、老人にその稼ぎのほとんどを取られていたもので、家といっても質素で狭いもの。女のひとり暮らしのそこに、むくつけき獄卒《ごくそつ》どもが何人もはいりこんできて、一挙手一投足に文句をつけます。相手が妓女だと思うと、昼間から酒肴《しゅこう》を要求して酌《しゃく》をさせる、卑猥なことをいいかける、したい放題です。頓老人が早くみつかればよいのですが、いまだに行方が知れず――知れたところで、金銭を使い果たしていることも十分に考えられます。このままでは、琴心は冤《むじつ》のためにまた下獄しなければなりません。それでなんとかしてやれぬものかと頭を悩ませていたところ――幇間《ほうかん》の張燕筑《ちょうえんちく》という者をご存じかと思いますが」

「知っている。家作《かさく》を貸している男だ」

「その張が、自分の家主どのならば、話のわかる俠気《おとこぎ》のある方で、しかも金陵のお役人に顔がきくから、一度、相談してみてはと言いだしてくれました。それで、厚顔は百も承知の上、恥をしのんでこうしてうかがった次第です」

そう言って、余生はまた頭を下げた。

「妓女にはありがちな――いえ、掃いてすてるほどあるような身の上です。ひとり救ってやったところで、どうにもなるものでもありません。男子なら、まず国の大事をというご意見もしごく当然のことです。ですが——」

「わかった、もうよろしい」

余生の情けない声を、其長が止めた。

「男が、そう簡単に頭を下げるものではない。私の言いようも悪かったようだ。気が短いのは私の欠点だ、許していただきたい」

「では——」

と、明るい表情をあげた余生の顔へむかって、其長はひとつ、条件を出した。

「どこまでできるか、保証はできないが、尽力はさせていただこう。ただし、その前に」

「は？」

「琴心とやらに逢わせてはもらえぬだろうか」


「頓文でございます」

奥から出てきた琴心は、そう言ってひっそりと礼をした。

奥といっても、二間か三間ほどの狭い家だ。余生がいったとおり、置かれた家具もわずかで質素なものばかり。琴心自身、木綿の裙《くん》をつけ、髪には髪飾りもほとんどなかった。化粧こそしているものの、ごくあっさりとしたもので、これが素顔に近いのだろう。その憂いをふくんだ表情に、王子其長はしばらく見入ってしまった。

——妓女を救うのはよいとしても、顔も知らない者同士では道理がたたない、と其長は主張したのだった。

それには余生も同感で、救ってもらう以上は、本人からあいさつのひとつもするのは当然の話だ。

そう思って、琴心がおしこめられている家へと伴ってきたのだった。

狭い家の正庁《せいちょう》（おもてざしき）にごろごろといすわっているふたりの獄卒には、酒でも買うようにと小金をつかませると、簡単に外へ出ていった。出ていきながら、彼らは反《そ》っ歯をむきだしにして、

「へへ、ゆっくりお楽しみを」

嘲笑った。若い余生が怒って後を追おうとするのを、

「ほうっておきなさい」

王子其長が止めたが、余生の憤慨はおさまらない。

「あのとおり、ものの道理のわからぬ、下賤《げせん》な連中とひとつ屋根の下におらねばならないのですよ、琴心は」

「たしかに、罪人であれ妓女であれ、歳若い女をこんなところにひとりで、男たちといっしょに置くのは感心しない。とにかく、この点だけはなんとかしてみよう」

すでに王子其長が心を決めたのを見てとって、

「すぐに、琴心をあいさつにこさせます」

余生は、客に正庁の椅《いす》を勧めて、奥へ声をかけたのだった。

そして――。

あらわれた女の面に、其長の視線は釘づけになったのだった。

年齢《とし》のころは、二十歳をすこしすぎたほどだろうか。

美貌、という点では、彼女よりも優れた者が秦淮にいくらでもいるだろう。すんなりとした細面《ほそおもて》に細い眉、小さなくちびるに目もとのちいさな黒子《ほくろ》。細い肩と腰、裙《くん》の裾《すそ》からのぞく纏足《てんそく》――ひとつひとつは整っているのだが、全体の容姿を見た時に、どことなく寂しげな影が落ちているのだ。現在置かれた境遇を考えれば無理のない話だが、この影はみすぼらしい装《なり》のせいばかりではないと、其長は直感的に思った。

妓女の容貌には、どこかはかなげで、それでいてどこかすねたようなふてぶてしさが残っていた。男の征服欲をそそるような影と、犠牲になってもけっして折れない勁《つよ》さとが、不思議な割合で同居しているのだ。

そのまま、其長の視線はしばらくうごかない。みつめられて、女は初対面のあいさつもできず、困惑して余生の顔をすがるように見る。

「王子兄、そんなに見つめては、琴心の身の置きどころがありません」

「いや、これは失礼した。ただ……」

「ただ、なんでございましょう」

妓女の細い声が答えた。

「なにか、あたしの顔に、ついておりましょうか。それとも、普段着のままお出迎えしたことを、おとがめでしょうか。それでしたら、どうぞご容赦を。恥をしのんで申しあげますが、保釈のために、金銭になるものはみな、人手に渡して……」

「いや、そういう意味ではないのだ。事情もよく承知している。責めるなどとはとんでもない。ただ――口にしてよいものか」

ずばりとものをいう其長が、妙に歯切れが悪い。

「どうぞ、なんでもおっしゃってくださいませ」

わずかな沈黙のあとに、琴心がおもいきったように告げた。

「いまさら、何を言われても気にはいたしません。まして、怒ることなどございません。まっすぐにおっしゃってください」

上目がちのその表情を見て、

「では、言おう。――そなたの面には、凶相がある。禍水《かすい》というのは、こういうものかと、つい見入ってしまったのだ」

「王子兄、それは――いくら、事情が事情でも、あんまりでしょう。初対面の人を疫病《やくびょう》神《がみ》あつかいとは」

禍水とは、災厄、騒乱のもとになるという意味で、特に女に対して使うことばである。もちろん、誉め言葉ではない。本人が不運なばかりではない、関わる人間にも凶運をもたらすというわけだ。

だが、余生の憤慨をよそに、琴心はそのことばを聞くや、じっと其長の目を見返して、

「そのとおりなのかも——いえ、きっと、そのとおりですわ」

ぽつりと、肯定したのである。

「おいおい、琴心。どういうことだ」

「申しわけございません、余さま。こちらのお方には、どうやら隠し事ができないようなので、申しあげてしまいます。あたしがここに押しこめられている理由は、余さまからお聞きおよびかと思いますが？」

と、其長の方へ視線をながす。其長が無言でうなずくのを見て、

「実は、ひとつ、虚言《うそ》を申しておりました。李某の落籍話を知らなかったというのは、虚言。存じていたどころか、あたしのほうからもちかけたことでございます」

「……な、んだと？」

「余どの」

愕然となって立ち上がった余生を制して、其長は冷静な目をなおも琴心から離さない。どうやら、其長はある程度、予測をしていたらしい。

其長の表情がすこしほころんだのは、遊び慣れているはずの余生が、妓女の虚言《うそ》を簡単に信じこんだのがおかしかったのだろう。だが、騙された上に面子がつぶれたかっこうとなった余生は、おさまらない。

「琴心、理由はなんだ。李某に嫁ぐつもりであったなら、こんな騒動を起こす必要はなかったはずだぞ」

と、なおも、女を追及する。

「目的は、祖父でございました。祖父に、金銭を渡すようにと申しましたのも、あたしでございます。この先、誰に落籍されたとしても、祖父がいるかぎり、あたしはずっとつきまとわれます。かといって、突き放すわけにも縁を切るわけにも……」

「なるほど、大金を一度に目にしたら、かならず老人は欲を出すとふんだのだな」

と、其長がいうと、今度は琴心がうなずく。

「教坊のしきたりなら、よく知っている祖父です。金銭をわが物にするためには、逃げるより他ないことも知っております。一度逃げれば、もうこの金陵にはもどってこられないことも」

「そのあと、知らぬ存ぜぬを通せば、罪を逃れられると思ったのだな。しょせんは、男女の寝物語、約束を信じるほうが悪いのだといえば、通用すると」

「他に、方法がございませんでした」

其長の指摘に、琴心はただうなだれる。

「あのまま、祖父が姿をくらませてくれなかったら、あたしは祖父を殺《あや》めていたかもしれません。祖父は――祖父は借金のかたに、あたしを珠市《しゅし》の最下等の妓楼に売り直そうとしておりました」

珠市とは、金陵にあるもうひとつの歓楽街である。

金陵の秦淮の妓楼はどこも、客筋が一流ならば、妓女たちも技芸を主な売り物にする一流ばかりである。

一流の妓女ともなれば、贅《ぜい》をこらした調度をならべた部屋を与えられている。一流の文人墨客といわれる者たちは、その妓女の部屋を会合の間として、おりにふれて詩会を開いたり、気のおけない場所として政治談義に花を咲かせるのだ。当然、妓女たちにもそれなりの教養が必要で、大の男がいい負かされて恥をかくこともある。妓女たちの気位は高く、教養のない野暮な客には門前払いをくわす。また、それが妓女の格式となりもてはやされるのだ。教坊もまた、色だけが売り物でない点は、秦淮と同様で、それが琴心の誇りを支えていたのだろう。

珠市というのは、おなじ妓楼でも、秦淮よりも格がぐんと落ちる。妓女の中には、秦淮の女たち以上に美貌をうたわれた王月《おうげつ》などという者もいたが、全体からみれば、ほんのわずかにすぎない。当然のことながら、妓女の扱いも悪くなる。客の選《よ》り好《ごの》みなどもってのほか、人を人と思わない扱いもめずらしくないという。

さすがに、そこまで聞いて余生の怒りが、同情に変わった。

「それはひどい。珠市などに売られたら、おまえはめちゃくちゃにされてしまう。それは老人が悪い、そなたが悪いわけではない」

余生の人の良さに微笑しながら、

「誰が悪いかはともかくとして」

其長は、あくまで冷静である。

「それは、事実なのだな」

「祖父と口約束をしていた妓楼を存じております。でも、約束はあたしのあずかり知らぬことでございました」

伏せたまつげが揺れた。

「祖父があたしを騙したのでございます。逃れるためには、あたしも誰かを騙すより他、ありませんでした。金銭を出していただいた以上、おとなしく李さまのもとへ行けばよかったのかもしれません。でも……」

涙が、木綿の裙の上にぽたりと落ちて、黒く染めた。

「人前で、よくも騙してくれたと面罵《めんば》され、とっさにしらを切ってしまいました。あれで、李さまがふたりだけで、事情を聞いてくださっていたら、話も変わっていたでしょう。でも、耳も傾けてくださらない状態では、この先、どんな扱いをうけるか目に見えております。それで、ついに前言をひるがえす機会を失い、裏切ることとなってしまいました。……李さまには、申しわけないことをいたしました」

琴心の黒髪が傾いた。

本人こそ目の前にいないものの、その謝罪は心からのものだと、其長も余生も確信できた。

「それが、すべてなのだな」

其長が、しずかに念を押した。

「是《はい》」

「他に、隠していることはないか」

「ございません」

その時だけは、伏し目がちな視線をあげて、琴心はきっぱりと答えた。

「よろしい」

王子其長が、妓女の声に呼応するように告げた。

「そなたの身柄は、私が引き受けよう。司理《しり》（刑務担当の役所）には、知人も多い。李某とやらには、全額は無理でも、何割かを返してひきとらせよう。それで、どうだ」

「おまかせ、いたします」

王子其長の行動は迅速で、その日のうちに頓文をその家から出した。其長が全責任を引き受けるという文書を出して、司理から許可をとりつけたのだ。

「ちょうど、我が家の隣家が空き家《あきや》になっていて、私がその管理をまかされている。そこに移るがいい。必要なものも、全部、我が家から運ばせるから、これから、すぐに私についておいで」

といって、駕籠《かご》まで呼ぶ手回しのよさだった。

「すっかり落ち着きましたね」

と、余生が訪ねてきたのは、それからひと月ばかり経《た》った頃だった。琴心のようすを見に来たのと、彼女の事件があらかた片付いたことを其長に報告するための来訪だった。もしかしたら、琴心にまだ未練があったのかもしれないが、前もって女の暮らしぶりは耳にしてきたようだ。

其長が用意した家は、質素なものだという。だが、王子其長が隣家で目を配っているために、不自由はない。琴心がよけいな遠慮をせず、しかも恩義を過剰に感じずに暮らせるよう注意しながら、それでいて保護は十分に与えられる。

こんな配慮は、なかなかできることではない。

「李某の方は、金銭でかたがつきました。あの女は疫病神だ、これで縁が切れるならせいせいするなどと、負け惜しみを言っていましたがね。李が訴えを取り下げたので、司理の審理もこれで打ち切りです。しかし、思いきったことをなさいましたね。李某への半金を片付けてやったのみならず、教坊へも身代を払って、琴心を身請けしてやるとは」

其長は、おだやかな微笑を返しただけで、

「身請けしたわけではない。琴心が払うべきものを、一時、私がたてかえただけの話だ。琴心からは、きちんと返してもらうつもりだよ」

「それで、あの音色ですか」

隣家から流れてくる琴の曲に、余生は思わず聞きほれた。

「琴を人に教えて、束脩《そくしゅう》（謝礼）を得る。その中から少しずつ、貴兄に金銭を返していく。なるほど、これなら琴心の得手《えて》を生かせるし、貴兄に対しても負担を感じさせずにすむ」

事情も先に、聞いてきたらしい。

「ですが、礼といってもわずかなものでしょう。返済が終わるまでには、何十年かかるか」

「なに、そのうち、いい加減なところで返し終わったと言ってやるさ」

其長は、軽く笑う。

余生も、「お人がいい」と笑いながら、ふたたび琴の音に耳をかたむける。

「あれは『離鸞《りらん》』ですか。上達しましたね。もともと上手い弾《ひ》き手《て》だったが、どこか音が寂しかった。今は、なんとなく深くなったというか、音に張りが出てきている」

と、通《つう》らしいところを見せる余生に、其長はまた笑って、

「なかなか、君もたしかな耳を持っている。知音《ちいん》とは、このことかな」

「からかわないでください、王子兄。音に張りが出た原因は、貴兄ご自身にあるんでしょう」

「なんのことだね」

「琴の音色は、弾き手の心情を映し出すといいます。琴心の気持ちがおわかりにならないわけじゃないでしょう」

「そんなことか」

其長は、ついに声をたてて笑いだした。

「君まで誤解するとは、困ったものだ。私には妻も子供も、妾《めかけ》もある。蘇州《そしゅう》の家に皆を置いてきているのは、国事に関わっていてはいろいろと危険なこともあるから、距離をとっているだけだ。それなのに、今さらこちらで妾を置く気はないよ」

「ですが……」

「そんなつもりで、助けたのではない。君の真剣さに感じるところがあった上、琴心の身の上を哀れと思ったから、力を貸す気になったのだ。弱みにつけこむ気なら、最初からもっとうまく立ち回っているさ」

余生には、其長の性分も考え方も、ほぼ理解できる。

王子其長は生真面目で、文学や風流の道よりは政治向きの話のほうに関心が高い。突然の訪問以降、余生は何度かこの家に来ているが、いつ来ても、なにやら達筆で書かれた書簡が書斎の机の上に散乱しているし、其長も難しい顔をして返事を書いている。

だが、音曲に理解がないわけではないし、幇間に家を貸しているぐらいだから、それなりに遊んだ経験もあるらしい。それでいて、琴心を見下すような言動は一度もない。

俠気の主というのだろうか、困っている者をみれば、その者の身分や境遇にかかわらず、救いの手をさしのべずにはいられない性格なのだ。だから、いったん身許を引き受けたからには琴心は妓女ではなく、大切な客だというわけだ。

そのけじめのつけ方に、余生は好感をもっていたし、安心もしていたのだが、

「琴心は、借金こそあるが、他は誰はばかることのない身だ。君にその気があるなら、口《く》説《ど》いてもかまわないよ」

ふと、不安がきざしたのは、其長のこのことばを聞いた後だった。

男はこれでもいい。

だが、この漢《おとこ》は、女の気持ちをわかっているのだろうか。しかも自分の身と想いを守るために、平然と虚言をつく女の。

「……遠慮しておきましょう。貴兄はかまわないかもしれないが、琴心に恨まれます。

――そういえば、恨まれるといえば」

余生は、そこで急に口調をあらためた。

「身辺にお気をつけられたほうがいいと思います。いえ、女のことではありません。閹党《えんとう》の件です。王子兄は、閹党の連中をしきりに弾劾《だんがい》、攻撃しておられると聞いていますが」

「そのとおりだ。なにも、声をはばかることはない。目先の利害で国の政《まつりごと》を左右する連中の横暴を許しておいては、この国はとんでもないことになるぞ。遊んでいるのもけっこうだが、言うべき時にきちんとものを言っておかないと、後悔することになる」

「貴兄のご意見は、正しいと私も思います。ですが、それは相手もまた、正々堂々と正面から立ち向かってくる正義漢でなければ通用しません。連中は、自分の利益のためなら宦官を親と仰いではばからない恥知らずですよ。阿諛追従《あゆついしょう》と謀略がお手のものの連中からみれば、貴兄はあまりにもまっすぐすぎます。どうか、お気をつけて、つまらぬことで足をすくわれないようにお願いいたします。貴兄になにかあったら、琴心がかわいそうです」

「だから、琴心とはそういう間柄ではないと……」

言っている間に、琴の音が止まっていた。ふたりとも話に夢中になって、琴心が纏足《てんそく》の足で音もなく部屋に入ってきた時も、気がつかなかった。かたわらに人の気配を感じ、目の前に音もなく茶をさしだされて、あわてて其長がことばをのみこんだ。

余生などは立ち上がった拍子に、椅《いす》を倒してしまう始末だ。

「その……元気そうでなによりだ」

「その節は、お世話になりました」

寂しげな容貌にはさほど変化はないが、淑《しと》やかに礼を返したその物腰には、しっとりとした落ち着きと自信がそなわりはじめていた。衣服は以前と同様の木綿の裙、髪飾りも質素なものながら、やはりどことなく風情がちがう。

「しかし、どうしたのだ。隣家のそなたが、こんなところに」

「こちらの下働きの者が、事情で暇をとっておりますので、時折、お手伝いにまいっております」

「まあ、そういうわけだ」

其長のかたわらに侍立《じりつ》し、かいがいしく世話をする女の姿は、すでにこの家の調度の中に溶けこんでいる。其長の意地が奈辺《なへん》にあろうと、これでいつまでも他人の関係を保っているのは不自然だと、余生の目には見えた。

なにか、不幸なことが起きなければよいがと、余生はまた思った。琴心を禍水と呼んだのは、其長自身だ。その覚悟も用心もした上で、女をひきとったのだろうが。

やがて其長にいとまを告げた余生を、琴心が門のあたりまで送って出てきた。

「その……琴心」

歩きながら、余生が遠慮がちに呼びかけた。

「なんでございましょう」

「ひとつだけ、訊《き》きたいことがあったのだが」

「はい、なんなりと」

「なぜ、王子兄には本当のことを、訊かれもしないのにしゃべったのだ。私たちには、虚言をつきとおしていたというのに」

そのことか、という風に、女はかるくうつむいた。くちびるをそっと嚙んだのは、後悔しているようでもあり、薄く浮かんだ笑いを隠したようでもあった。

「あの方がひと目見て、あたしを禍水といってのけられたからですわ」

「どういう意味だ」

「あたしは妓女ですから、お客となった方はどなたも最初、誉めてくださいます。顔だの琴の腕だの振舞だのを、もてはやしてくださいます。でも、金銭を使い果たしたり、何かもめ事にまきこまれたり――たとえば祖父につきまとわれたりすると、かならず、あたしを罵《ののし》られます。おまえは疫病神だ、おまえのせいで損をした。おまえのような売女がいるから、世の中がよくならないのだ」

最後のことばで、たしかに琴心は笑ったようだ。

「あたしは、世の中のことなど何ひとつ知りませんのに。琴を弾くことと、お客と寝ることしか知りませんのに。それも、みんな先《さき》さまのほうから望まれたことですのに」

　琴心はかすかに嘆息した。

「でも……たしかに、妓女はみんな禍水なのかもしれません。其長さまは、最初からそれを見抜いて、それを告げてくださいました。この方なら、何かあったからといって手のひらを返してあたしを責めるようなことだけはなさるまい——そう思いました。だから、正直にお話ししてみる気になりました。結果は、思ったとおりでした」

「……あれは、悪いことをした」

　だまされたと、一瞬でも逆上した男は顔を赤らめたが、琴心はかるくかぶりをふった。

「悪いのは、やはりあたしのほうですわ。余さまは、其長さまに会わせてくださった。それは、どれだけ感謝しても足りないぐらいです」

「だが——」

　言いかけて、余生は後のことばを口にするべきか迷った。王子兄は、おまえを女として扱う気はないのだぞ、と。おまえの気持ちが報われることはないのだぞと、因果を含めてみたくなる気持ちを、余生は嫉妬に近いと自分で思った。そんな思いを、女にぶつけてみても、自分がみじめになるだけだ。まして、質素な衣服に身をつつんで、男の家の下働きをすすんでかって出ている女には、何を言っても「承知しております」といなされるのがおちだろう。

「世の中がぶっそうになってきている。王子兄の身辺のこと、くれぐれも注意してさしあげてくれ」

そんなことばでごまかして、余生は逃げるように辞していったのだった。

琴心が、自分の住む国が滅んだのだと知ったのは、それからまもなくのことだった。それまで、明という国の民だということは知っていても、琴心にとって国や政は、遠い場所で知らない人々が勝手にやっていることで、自分の暮らしに関わりがあるなどと、思ったこともなかった。

各地を荒らしまわる流賊の噂さえ、ここ金陵では他人事《ひとごと》で、自分たちの身の上にふりかかるなど想像もできなかった。

都・北京《ペキン》が流賊のために滅び、天子さまがご崩御になったと聞いたのは春のことだ。それからまもなく、北の方で戦があって、北から満州族が攻めこんできたという。なんでも手引きをしたのは漢人の将軍で、蘇州の妓女あがりの妾を賊に奪われたための意趣返しだったという。そこまでは、琴心にも他人事だった。

北京の帝が亡くなり、皇族も死んだり行方不明になったりしたため、金陵に逃げてきた帝の従兄弟《いとこ》が明の帝として即位したのだ。同時に金陵も都となり、金陵にいた官僚や元官僚らがにわかづくりの朝廷の要職につくことになった。ふってわいた利権に、血眼になった者がいても不思議ではない。

「こともあろうに、閹党の連中が要職を占め、まっとうな意見を持つ者が疎外されようとは」

と、王子其長がひとり悔しがったのも無理はない。遊び好きの「新帝」にとりいって臨時朝廷の宰相になったのは、阮大鋮《げんだいせい》といって、かつては宦官に頭を下げて、その横暴を手助けしていた輩《やから》——閹党の領袖《りょうしゅう》だったのだ。当然、反対の声もあがったのだが、満州族の鉄騎の大軍が南下してくるとあっては、そう内輪もめはしていられない。先に常識的に判断したのはやはり反対派の方で、彼らが引くかたちで内乱は回避されてしまったのだ。

「こんなことではいけない。これでは、せっかくの朝廷がすぐに滅ぼされることになりかねない」

なにしろ、新帝が即位の直後に行なったのは、防備の強化でも民心の安定でもなく、新しい後宮作りと教坊の充実だというのだから、話にならない。政に無関心な琴心もこれには呆れ果てたが、彼女の心配はむしろ其長の言動のほうにあった。

「どうか、無茶はなさいませんよう。お手紙なども、すこし控えてくださいまし。賊と書簡のやりとりがあったなどと知れましたら……」

「賊ではない。真に国を憂える者たちばかりだ。賊とは、真の帝を押しこめて、金陵の城壁の中で音曲三昧の暮らしをしている奴らのことだ」

と、其長も譲らない。

実は、新帝が即位したあと、先帝の子だという男が金陵に現れた。調べるまでもなくこれは真っ赤な偽者で、阮大鋮らによって捕らえられていた。だが、これを本物と信じ、逮捕を阮大鋮らが私欲をほしいままにするための陰謀と解釈する者も大勢いたのである。王子其長はその中のひとりだった。偽皇子を救い出そうという計画を、琴心が知るのは時間の問題だった。

書斎には出入り自由な上に、女とはいえ文字も読めるのだ。

琴心は細い眉をひそめて、其長を何度もいさめたが、男はとりあわなかった。家族でもない女に対して、自分の信念を譲るような男ではなかったし、女もそれは気づいていたようだ。

日に日に、琴心の表情が思いつめたものになるのを、其長が気にもとめなかったのは、仕方のないことだったのかもしれない。

――そして、ある夜。

人の気配を感じて、其長は目が醒めた。簡素な牀《ねだい》には、やはり質素な羅《うすもの》の帷《とばり》がかかっている。そのむこうにうっすらと見える人影にむかって男は、誰何《すいか》した。

「何者か」

「郎君《あなた》」

待っていたように、細い女の声がした。細い絹糸を弾《はじ》いた時のような、寂しげな余韻のする声だった。

顔こそよく見えないが、その声で相手はすぐにわかった。

「琴心か」

ほっと肩の力を抜いた男だったが、

「いったい何事だ、こんな夜中に。隣家とはいえ、行き来をする時間ではないぞ。まして……」

おまえは女だ。男の寝室にこんな時間にひとりでくるものではない、云々《うんぬん》。男のことばは簡単に予測がついた。そんなありきたりの説教が聞きたかったわけではない。

「抱いてくださいまし」

細い女の姿が、するりと帷の中へしのびこんだのだ。驚いたのは男のほうだ。

「琴心、そなた——それはできない」

「なぜでございます。あたしがお嫌いでございますか？」

女は薄い衫《さん》一枚をかるくまとわりつけただけの姿だった。全裸でない分、窓外の月あかりをうけた肌が透けて見えた。胸のふくらみと、腰のあたりの微妙な陰翳《かげ》がたとえようもないなまめかしさとなった。

男は、誘惑から懸命に目をそむけた。

「そういうわけではない」

「あたしが妓女だから、汚れているから――何人もの男に抱かれてきたからですか」

「そんなことはない、おまえのどこが汚れている」

「ならば――！」

詰めよる女を、男はまず仕草で拒絶した。

「それはできないと、何度申したらわかるのだ」

「あたしの身柄は、郎君《あなた》が教坊から買い取ってくださったはず。ならば、何も問題はないでしょう。なにも、妾に入れろと申しているのではありません。ただ、好もしいと思う殿方に抱かれたい、それだけのこと。――このごろの旦那さまを見ていると、どんどんとあたしの知らないところへ行ってしまわれるよう。いえ、殿方の意志を女が止めることはできません。でも、このままでは、悪いことが起きそうな気がします。二度と、お目にかかれなくなりそうな……」

「莫迦《ばか》なことを」

「どんなにお笑いになってもかまいません。ただ、一夜だけ、一度だけでよろしいのです」

ふだんのおとなしさからは想像もつかないような、激しい口調だった。いいつのるのにあわせて、意外にふっくらとした胸が揺れるのが見えた。

「何度も言わせるな、琴心。私はそんなつもりで金銭を出したのではない。そなたの窮地を救いたいという一心からのこと」

「それはわかっております、でも」

「そなたが嫌いではない、それは誓ってもよい。だが、そなたを一度でも抱いたら、結局、王子其長は色事が目当てだった、女に迷ったのだと世間にそしられよう。それでは、私の立場がない」

「世間の評判が、なんでしょう。それに、黙っていればよろしいことでしょう。だれにもわかりはしません」

「それでも、我々は知っている。私は自分の記憶に虚言はつけない」

無理にすがりつこうとする女を腕ではらって、男は逆に牀の帷の外へすばやく出てしまった。

「これ以上、無理をいうなら、私はこれから他所《よそ》へ行く」

「旦那さま」

「琴心。それだけは、何があってもかなえてやれない。私も意地だ」

あたりの暗闇をものともせずに、さっと外へ出ていったのは、慣れた自室だとしてもたいした身のこなしだった。

闇の中にひとり、半裸の女が取り残された。

「どうして……」

屈辱より強く、絶望が彼女の糸のような声を支配した。

「どうして、いつも――いつもいつも、男は口先ばかり、世間体《せけんてい》ばかり――」

涙が頰から白い首をつたい、胸の上まで流れ落ちた。

「贅沢を望んだことなど、一度もないのに、好きな人に、抱かれたいだけなのに、それだけなのに――」


「王子其長、謀反《むほん》の疑いにより連行する」

捕り手が雪崩《なだ》れこんできたのは、それから数日後のことだった。

捕り手たちは、其長の居間に迷うことなく踏みこんできた。書斎の中を捜索するのも異様に手際よく、積み上げた冊子の間に巧妙に隠してあった書簡を、何通も、あっという間に捜しだしてしまった。

「何故《なぜ》だ」

枷《かせ》を両手にはめられながら、そのようすを茫然と見ていた王子其長だが、やがて、

「そうか」

ひとり、得心した。

「気がつかれましたか」

そばにぴたりとついていた捕り手の長《おさ》が、ていねいな口調でうなずいた。罪人とはいえ、それなりに名声もある文人となれば、下役人の捕り手たちも、敬意を示してくる。特にこの捕り手の長は、最初から其長を気の毒そうに見ていた。その視線の意味も、同時に解けた。

「隣家の女が密訴してきたので、役所のほうでも見過ごすわけにいかなくなったようです。恩を仇《あだ》で返されましたな」

其長はなにも応《こた》えない。

「なんでしたら、隣の女もともに連行いたしますが。なにやら、以前にも教坊でもめ事を起こしていたという話も、聞き及んでおります。調べれば、罪に問うことも可能でしょう」

こういった容疑の場合、家族が連座するのはむろんのこと、近隣の者も関与を疑われ、調べられることもめずらしくない。金銭次第で罪の軽重が左右されるこの国の内情では、琴心のような境遇の女を其長に連座させることは簡単だ。

「女はすでに、捕らえてあります」

と、言いながら、部下に合図をする。男たちが外から、人を引きずって入ってくる。それが琴心であることは、見なくてもわかった。

衣服は乱れ髪もざんばらになり、抵抗した時になにかに打ちつけたのだろうか、顔に傷

までつくったみじめな姿で、琴心は其長の前へ投げ出された。さすがに、あわせる顔がなく、うつむいたままの彼女に、

「ほんとうに、こういう女を禍水というのでしょうなあ」

と、長はしみじみと告げた。それに打たれたように、琴心が顔をあげる。その目が、其長の静かな視線と出会った。だが——。

「……もう、よい」

其長は、静かに告げた。

「女を、見逃すと……？」

長は、いかつい顔つきに意外そうな表情を浮かべた。

「この女を禍水と知りながら、身辺に置いた私のほうが悪いのだ。いまさら、だれを責めたところで、どうにもなるまい。放してやってくれぬか。女ひとり逃げたところで、なんということもあるまい」

長は、神妙な顔をして聞いていたが、

「行け——！」

女の肩口を蹴りとばした。床に倒れ伏したまま、女はぴくりとも動かない。そのかたわらを、其長が静かに歩き去る足音が通り過ぎ、やがて小さく消えていった。

＊

余生が女を捜しだしたのは、それから一年以上経った後だった。

すでに王子其長は、あわただしく処刑されてしまっていた。金陵の新帝の朝廷は、自己の保身のために、事件の処理を急いだのだ。

だが、彼らの命運も長くはなかった。

彼らは、満州族の国・清《しん》が他の城市《まち》を容赦なく殲滅《せんめつ》するのを見て、ふるえあがり、逃げ出してしまったのだ。

金陵の中には徹底抗戦を叫ぶ者もなくはなかったが、帝も阮大鋮も、主だった者たちも民を捨てて逃げ出してしまった以上、戦わずに開城するしかなかった。

混乱の中で、逃げた新帝も阮大鋮も死に、多くの人間が離散していた。

秦淮の妓女たちも、ある者は新しい征服者の側室に入れられ、ある者は流賊に連れ去られて殺された。行方の知れなくなった者も多かった。

その中で、頓琴心はかろうじて金陵に残り生き延びていたのだ。生きていただけだ、といったほうがいいかもしれない。

絶句したままの余生を見て、琴心が不敵に笑った。

年齢に加えて、荒廃の色が浮いている頰の、深い傷は厚い化粧でも消せなかった。

「妓女の顔の傷が、めずらしゅうございますか」

「い、いや」

「よろしいのですよ、とくとご覧くださいまし。大事な恩人を裏切った妓女の報酬ですから。いい気味だと思ってくださって」

「何故、王子兄を裏切ったのだ」

予想していたのだろう。琴心は鼻先で笑った。その態度からも着崩した衣装からも、自堕落な生活が匂っていた。

珠市などまだましな、場末の色街だった。

調度などろくにない、汚い部屋だった。

借金があるのだと、琴心はまた笑った。すでに、相当酔っていた。一生かかっても払いきれるかどうかという金額に、余生は絶句した。その上に、よからぬ男にまといつかれ、金銭をせびられているとも聞いた。それでも、琴心は後悔するそぶりも、恥じ入るようすも見せなかった。

「簡単です。あの方が、あたしを抱かなかったからですよ」

「おまえは、王子兄の気持ちがわからなかったのか」

「わかっていましたとも」

即座に言いかえして、琴心はきっと余生をにらみつけたが、すぐに視線をそらして失調気味に笑った。

「男の意地だとか、世間の評判だとか、つまらないことばかり言って。でも、結局、意気地がないだけじゃありませんか。あたしは、あの方にとっては妓女でも、まして女でもなく、哀れみをかけてやる対象でしかなかった。それなら、犬猫と同じです」

「そんなことは――」

それはちがうと、余生は思った。王子其長は家族を蘇州に置いたままだった。自分の身に、いずれ危険が迫ることを、ある程度覚悟していたための措置だった。

琴心に対しても、それと同じ配慮をしたのではないか。あくまで隣家に住む他人の立場なら、琴心を自分の罪に巻きこむ心配もない。おそらく、いや、きっと、そのとおりだ――。

余生が反論しかけると、琴心の寂しい容貌が一瞬、かっとはじけた。

「愛しいなら愛しいと、その腕で抱いてくださらなければ、女は理解できません。ことばでなら、いくらでも言えるけれど、あたしはそんなものは信じない、信じられない……」

なにかを投げつけるように、琴心は叫んだ。だが、激した感情は瞬時に冷める。

「どうすればいいのか、あたしにはわからなかったのです。教坊での客といえば、大半が嫌な人ばかり。好きで枕をともにした方など、数えるほどでした。其長さまは、ただひとり、あたしのほうから抱かれたいと思った方。その方に拒絶されたあたしの気持ちはどうなります。好いた方に好かれないなら、もう後はどうなっても同じこと――」

余生は反論することばを無くした。ただ、気持ちがすれ違っただけなのだ。時間をかけていれば、もしかしたら交差したかもしれない思いだった。すくなくとも、其長と琴心は互いに互いの身を思いあっていたのだ。互いにそれがわかっていながら、どうにもならなかったというのか。

「だから、拒絶された翌日、密告しました。好いていただけないなら、いっそ罵って憎んでほしかった。そうしたら、あたしは其長さまの目の前で死んでみせたでしょう。でも、それも許してくださらなかった。あたしを許したつもりで、あたしに一番ひどい罰を与えたことも気がつかないで」

どこまでも、ほんとうにどこまでもふたりの気持ちはすれ違うらしい。

「自分だけ高潔な人になって、残されて生きていくあたしのことなど、考えもしないで、ほんとうにずるい……」

琴心をなじるつもりだったが、その気持ちは急速に萎《な》えていった。

泣き崩れる琴心を茫然とみつめながら、余生は思った。

裏切ったのは、女だけだろうか。

女の気持ちを知りながら、応えてやらなかった王子其長にも罪はなかっただろうか。理屈でなく、彼はそう感じた。

「琴心――」

もう、なにもいうまいと余生は思った。

女は、一生、自分を責めながら生きるのだろう。この暮らしぶりでは、それもそう長いことではあるまい。

自分もずるいのだろうかと思いながらも、すでに女を許している自分に、余生は気づいていた。

「――琴を」

「はい？」

「もう、二度と来ない。だから、古い知人に、最後におまえの琴を聞かせてくれないだろうか」

女がうなずき琴を取りに座をはずした隙《すき》に、余生はその妓館を後にした。背を追いかけてきた琴の音だけが、昔と変わらず、澄んだ響きをふくんでいた。

牙娘

「莫迦《ばか》にするんじゃあ、ないわよ」

宴もたけなわという、その最中だった。嬌声と音曲《おんぎょく》の合間を破って、はっきりと高い声が舞いあがったのだ。

人の声がぴたりと熄《や》んだ。琵琶《びわ》だの箜篌《くご》（竪琴）だの、音楽を奏でる手も止まる。

その一瞬の静寂の中を、ぴしりと鋭い音が響きわたった。

紅い葡萄《ぶどう》の酒の杯がならぶ中、一座の視線がただ一点、声の方向へ正確に向かった。視線が集中した場所では、若い男がのけぞるようにして、西域風の椅《いす》からころげ落ちるところだった。

その片頬だけが紅く腫れているのは、よほど手厳しく殴られたためだろう。殴った相手が、かたわらに立ちあがったうら若い妓女《おんな》であることは、誰の目にも明白だった。

「牙娘《がじょう》、あなた、なんてことを！」

叫ぶ女の声は、妓女の名を呼んだものらしい。

牙《きば》でもあるように気性の荒い女という意味だろう。本名ではあるまい、どうせあだ名だろうが、あまりいい呼び方でもない。

また剣呑《けんのん》な名だと、隣に座っていた十六、七の少年がつぶやくのを、李生《りせい》は聞いた。

少し若すぎるなと、李生は思った。

十五、六歳ともなれば、周囲はりっぱな大人あつかいはするが、弱冠《じゃっかん》ということばが二十歳を意味するように、正式の成人年齢は二十歳なのである。

そういえば、今年の科挙で、知貢挙《ちこうきょ》（試験官）の縁者だか知人だかで合格したのが、その歳ごろの少年だという噂を聞いた。この宴席は科挙の合格者たちを主に招いてのものだが、この目の前の彼が噂の主であるかどうかまでは、李生の知ったことではない。だから、いったんかけようとした声を、李生は直前でのみこんだ。

好んで付きあいたいわけではなかったからだ。

李生の気が逸《そ》れている間にも、騒動は続いていた。

妓女が、床に倒れた若者に飛びかかって、顔に爪をたてようとしたのだ。

なるほど、牙娘かと李生は妙なところで感心した。

そのまま、ひっかいていれば、男の顔に何条かの紅線《こうせん》が描かれていただろう。さいわい、男がすばやく身をひいて避けたのと、朋輩《ほうばい》の妓女のひとりが腕をつかんで止めたために、男の顔に支障はなかった。

妓女は腕をふりほどいた。若者は後も見ずに逃げにかかる。

騒然となった宴席の中、四つんばいになって椅の間を逃げまわる若者と、それを追う妓女。妓女のまとった紗《しゃ》がひらひらとひるがえる。妓女をとりおさえようとするのは、他の妓女たちの手だろう。

「牙娘、やめなさい。ここをどこだと思っているの」

「その言葉は、この無礼な男にいってちょうだいな、姐《ねえ》さん方。宰相さまの公子だろうと皇子さまだろうと、酒席では皆、おなじ。やっていいことと悪いことがあるのじゃございませんの」

興奮しながらも、至極当然のことをきっぱりと言う妓女に、李生は内心で加勢した。いや、本当はもっと形にして加担してやりたかったのだ。たとえば、李生の椅の背に隠れた若者を、突き出してやるという形で。

ただ、衆人環視の中で行動にうつすのは、勇気が必要だった。妓女たちはともかく、座の主催者から招待客、果ては末席にまぎれこんだ招かれざる客までふくめて、ほとんどの男たちが若者に同情的な視線を送っていたからだ。

「そこを、退《の》いてくださいましな」

声に牽《ひ》かれるように目をあげると、牙娘の顔が間近に迫っていた。

ひどく眸《め》のきれいな妓女だと、李生は思った。

平康里《へいこうり》の妓女は皆、そうだが、豊かな髪を美しく結い上げ、広い額には紅で小さな花を描いている。化粧法にも衣装にも髪型にも流行があり、皆それにならうから一度や二度見ただけで心魅かれるほどの個性のある妓女はなかなかいないのが実情なのである。

目の前の牙娘は、その例外だなと李生は感じた。

大きくはっきりとした眼も、ふっくらと豊満な美女が多い中で比較的すっきりとした顔だちもそうだが、眼にこもった力とでもいうのだろうか、気迫がちがうのだ。

息をはずませる妓女に対して、李生はわざとのんびり応えてみせた。

「退いたら、どうするつもりだね」

その口調に、牙娘は少し驚いたようだった。値踏みでもするように、李生の姿をあらためて見つめなおした。

年齢《とし》のころは、二十歳代の後半から三十代の前半。働きざかりの年代である。衣服は適度に質素、適度に良い品で、この宴席にさりげなく溶けこんでいる。容姿は平凡、家柄も中流だろう。役人風ではないから、この宴席の主人の縁者か知人の学生ではないかと思わせる。ただ、学生にしては、妙に世慣れた雰囲気があった。

それに気圧《けお》されたのだろうか。

「どうしようと、あたしの勝手じゃございませんか」

語気を少し落とし、それでも上気した頰をふっとふくらませて、妓女は口答えした。

「そうはいかないよ。抵抗のできない弱い者を、いじめるような真似はできないからね」

周囲からおし殺した笑いが起こったのは、おそらく、女ひとりに手も足も出ない若者を嘲笑したものだろう。もっとも、李生の声には皮肉の棘《とげ》があった。若者をかばうとみせて、暗に若者の方をあてこすったのだ。

それを敏感に感じとったのだろうか。

女の表情が、かすかに動いた。おや、と言いたげな風情で描いた眉をわずかに持ち上げる。李生の背中の方を、ちらりとのぞきこむ仕草のあとで、

「よろしいでしょう」

こくりとうなずいた仕草に、意外なあどけなさが残っていた。

「わかりました。このあたりで、許してさしあげることにいたします」

「それは、ありがたい。では、和解のしるしに」

手近にあった玻璃《はり》の杯をとりあげて、背後の若者に渡そうとすると、

「いえ、貴方さまと」

牙娘は李生をはっきりと指さした。

「仲直りするんじゃ、ありません。貴方さまのお顔をたててさしあげるんですわ。だから、貴方さまにお注《つ》ぎいたします。そちらのお方には、二度とお目にかかりたくございませんから、そのおつもりで。今後、平康里の中曲《ちゅうきょく》をお歩《ひろ》いになる時には、ご注意なさいませ。

お見かけしたら、今度こそ、お顔に線を描いてさしあげますわ」

そう告げると、別の杯を取って李生の手におしつける。銀の酒瓶をもちあげて、紅い透明な酒を流れるような仕草で注ぐと、酒と同色のくちびるで艶然《えんぜん》と笑った。

「さ、どうぞ」

そうなると、李生も背中の若者など顧慮していない。

ぐいと杯を傾けると、あざやかに呑み干してみせた。

背後でごそごそと物の動く気配がしていたのは、若者が退散していった音だろう。ちらりと視界に入った彼は、顔を両手で押さえながら、迎えに走り寄ってきた従者になにやらあたり散らしていた。

牙娘の位置からなら、楽に一部始終を目におさめられたはずだ。

ふんと、一瞬、高慢そうな表情がうかんだそれが、奇妙に美しかった。

「それでは、あたしも失礼いたしましょう。おおいにお騒がせいたしました」

さらりといって、一礼すると、紅い裙《くん》の裾《すそ》をひるがえす。

朋輩らしい妓女がふたりほど、駆けよっていったが、なにやらひとことふたこと告げられて引き返してきた。憤然とした表情からして、よほど手厳しいことを言われたのにちがいない。

固唾《かたず》を呑んでしんと静まりかえっていた座が、ざわざわと息をふきかえす。何事もなかったかのように、管絃の音がやわらかにたゆたい始める。

「とんでもない妓女がいたものですね」

隣の少年が、つぶやいた。

李生に話しかけるというより、誰かに話しかけてもらいたいといった風だったから、李生は敢えて無視をした。

あまり酒を呑みつけていないのか、少年の表情がすこしばかり苦しそうなのも、李生の眼の隅にはいっている。気分が悪いのを、まぎらわそうとしてのことにちがいない。下手に相手になって、病人の世話などさせられてはたまらないから、わざと少年とは反対側の男と話をはじめた。

「あの妓女、牙娘というのはあだなでしょう。本名はなんというのか、ご存知でしょうか」

話しかけられた男は、髪に白いものの混じる、初老である。この家の主人の同輩でもあるのだろうか。いかにも官僚然とした落ち着きをみせていたが、意外に気軽に口をひらいた。

「おや、興味をもたれましたか、あのような妓女に」

「いや、そういうわけでは」

「止めた方がよろしい。北里《ほくり》の牙娘は、粗野で口のききかたを知らない、無礼な妓女だと評判です。ごらんになったでしょう。逆上すると、何をしでかすか――」

「おことばですが、北曲《ほくきょく》の妓女なら格も落ちるが、中曲ならそうそう下等というわけでもない。音曲も教養もそれなりに躾《しつけ》られているはずでしょう。なるほど、逆上はしていましたが、言うことは筋が通っていましたよ」

「卑しい妓女の言うことですぞ」

「身分が卑しいからといって、そのことばも卑しいとはかぎりますまい」

李生が食い下がると、男は困ったなという顔をした。

周囲をそっと見回して、だれもこちらを見ていないのを確かめて、身体をかたむけてくると、

「まさか、妓女風情に本気になられたわけではございますまいな」

ごくごく低い声で、奇妙に丁寧なことばづかいになったのだった。

李生は破顔して、

「ひと目、見ただけですよ。本気もなにもあったものじゃありません。ただ、あの物言いが気にいっただけです」

何気無い口調で会話をつないだ。

「北里の妓女といっても、さまざまありましてな。あの牙娘より容姿、音曲などの技量にすぐれ、なお温厚で素直な妓女はいくらでもおります。たとえば、鄭挙挙《ていきょきょ》という妓女は、

その容姿のすぐれたことで知られておりますし、趙絳真《ちょうこうしん》という妓女は、控え目でおだやかで、誰にでも好かれます。おっとりと優しいので、天水仙哥《てんすいせんか》と呼ばれておるほどで。あれぞ当代一の名妓と申しても、過言ではありますまい」

天水とは、地名である。おそらく出身地の名をとったのだろう。天水生まれの仙人、とでもいった意味だろうか。

「ほう。どの妓女です」

背後で、少年が聞き耳をたてている気配があった。だれが何に興味を持とうが勝手といえばそのとおりだが、この若さで遊蕩の味をおぼえるのかと思うと、あまりいい印象は持てない。

「いや、ここにはおりません。こういう席には必ず呼ばれる妓女ですから、今日は遅れているのでしょう。もうまもなく、姿を見せるのではありませんか」

初老の男が応えて、何故か李生はほっと安堵の息をついた。ほぼ同時に、背後から長い嘆息が聞こえて、李生はふりかえった。

失望の嘆息とは、すこし調子が異なっているように聞こえたからだ。

「失礼だが、顔色が悪いようだ」

少年は、青い顔に口を引き結んだ固い表情で、ただうなずいただけだった。口を開けたくないほど、気分が悪いのだろう。

「悪酔いしたな」

　さほど呑みつけていない酒を、調子にのってあおったのだろう。当然のことだと李生は意地悪く思ったが、黙って見ているわけにもいかない。

「人を呼ぼうか。ひとりで退席できるか。それとも」

「……ここにいます」

　苦しそうな声を、つとめて平静な風に装っているのがまた、よくわかる。これは無理だと李生は思った。

「手を貸そうか」

「今、しばらく」

「気分が悪いのに、無理をすることはなかろう。何故だ」

「それは、その……」

　と、口ごもる。

　これは駄目だ。周囲の者らに気づかれないように、そっとこの場から送り出してやろう。そう思って少年の腕をとろうとする前に、さきほどの初老の男がさっさと、少年の肩を抱えあげた。首すじをつまみあげたといった方が、正確だったかもしれない。目顔《めがお》で、そのままでいるようにと李生を制すると、少年を広間の戸口のあたりまで連れ出した。男が何事かを告げると、数人の小者《こもの》がばらばらと走り寄ってくる。少年の従者かどうかは判然としなかったが、いずれそのあたりで若い主人の帰りを待っているにちがいない。あとは、従者同士でなんとかするだろう。

　初老の男はすぐにひきかえしてくると、

「まったく、今どきの若い者ときた日には、礼儀もなにもございませぬな」

憤然とした口調で、しかし丁重なことばづかいで李生にささやいた。

「酒の呑み方ひとつ知らぬくせに、礼も言わずにいってしまいました」

「よほど、具合が悪かったのだろうよ。そう責めてやるな」

と、李生が低く応答する。周囲には、少年が中座したことすら、気づいた者はない。会話に留意する者がないとわかっているためか、ふたりの応酬にはふだんの地が現れたようだ。とすると、両者の身分の上下は、見かけとは逆ということになる。

「寛大にも、限度がございましょうぞ」

「酒席でのことだ。いちいち責めても仕方あるまい。礼儀知らずというなら、身分をいつわって紛れこんでいる私も、無礼者だよ。そら、妓女がひとり、やって来たようだが」

「ああ、あれです。あれが、天水仙哥でございますよ」

　少し首を伸ばして、男は告げた。

　やわらかな灯火に導かれて、どこかはかなげな風情のある妓女がひとり、そっと宴の末席にすべりこんだところだった。

宴はまだ、終わりそうになかった。

北里とは、唐の長安の平康坊の、東北の一角を特にさすことばである。

別に、妓館は平康里に限るという命令があるわけではない。北里以外にも妓館はあるのだが、もっとも多いのがここなのである。こういった商売は、自然と同業同士、ひきあうものらしい。北里の中には東西に三本の曲《みち》が通っており、北から北曲、中曲、南曲と呼ばれている。中で最も格が高いのが北曲である。

平康里の北曲の繁栄は、唐代の初めからのことだ。

瀟洒《しょうしゃ》な建物に一歩足を踏み入れると、狗《いぬ》の鳴き声が聞こえる。妓女たちの愛玩用の小狗が、来客を奥へ知らせるのだ。奇を衒《てら》う家なら、西域からもたらされた鸚哥《いんこ》の籠を天井から釣っている。こういった風習も、唐の初期からあまり変わってはいなかった。

花を植え、数寄《すき》を凝《こ》らした房《ぼう》が三つ四つ、妓女が数人。それを総《す》べるのは、爆炭《ばくたん》とも鴇《ほう》母《ぼ》とも呼ばれる養母である。妓女は、平康里で生まれた者か、それでなければよそから売られてきた者。時には良家の女が、だまされて身を沈めることもある。

いったん平康里に入ってしまえば、客に身を請け出してもらうしか抜け出す方法はない。なにしろ、妓女を呼んで一席を設けると妓女ひとりに三鍰《かん》から四鍰、つまり三百文から四百文かかるのだ。

宴席の種類によっては、その倍以上かかることもある。さらに、客が酒を呑む、食事をする――その他は別料金である。妓女を一日、連れ出せば、千文。

米一斗（約六リットル）が四十文前後であることを考えると、それだけの金づるを、養母が容易に手離すわけがないことは、誰にでもわかる。

むろん、衣服にしても調度品にしても、それなりの品を妓女たちは使っている。みすぼらしい態《なり》をした妓女などに、客がつくわけがないからだ。客が注文しさえすれば、たちどころに山海の珍味が食卓にならぶ。歌を唱い楽器を奏で、酒令《しゅれい》（札や言葉を用いての簡単な遊戯。勝ち負けによって酒を呑む）に興じる。素人の女とちがって、著名な人物と頻繁に交際することもできる。

そんな贅沢な生活に馴染んだ妓女の中には、身請けされて家庭にはいっても、とうていじっとしておれず、以前の客と交際をしたり、結局、北里に舞いもどったりすることもめずらしくないのだ。

男に金品を貢がせるだけ貢がせる者、潮時をみはからって愛想づかしをして顧みもしない者、妓女もなかなかしたたかなのである。極端な話になると、養母たちと共謀の上で客を殺し、金品を奪う者もいないわけではない。こうなると、遊蕩も命がけである。

もっとも、最後の例はさすがに世情が不安定な時期にかぎっている。世の中が安定すれば、取り締まりも、犯罪に対する追及も自然、厳しくなるからである。それが証拠に、五名代前の帝、憲宗《けんそう》と廟号を贈られた皇帝の御代《みよ》には、遊里にも事件が多かったが、今上《きんじょう》の時代、大中という年号に変わってからは、小さなもめ事はあるものの、比較的平穏で、名妓と呼ばれる妓女も出てきている。

坊の外の大路は、夜には通行禁止となる。治安の悪い頃は、坊内でも夜のひとり歩きは危険とされたが、今はそんなことはない。したがって、北里の三曲《さんきょく》も、夜にはいってい っそうのにぎわいを見せていた。

李生が家の門をくぐっただけで、愛想のいい女の声が迎えに出た。狗や鳥の声で知らせるまでもなく、李生は待ち望まれている客だからだ。

「牙娘なら、部屋にいますよ。呼んできましょうか」

本当の名も、妓女としての名も聞き忘れたままである。妓館の者が皆、そう呼んでいるし、なにより本人がいやがりもしないのでそのままになっているのだ。李生も、細かなことにはこだわらない。

「いや、その必要はないよ」

言い置いて、まっすぐに奥へ通る。馴染みの客をさえぎる者はない。ここへ初めて顔を見せてから、たいした時間は経っていないのだが、李生が上客となるのは早かった。

適度に通ってはくるが、金銭の心配をさせるほど足繁くもない。待ちくたびれるほど、間遠でもない。金離れはよいが、無理な贅沢も要求しない。なにより牙娘が、彼が来はじめてからはずっとおとなしくしているのが、養母にとってはありがたかったにちがいない。気性の激しい牙娘のこと、ひと月に一度は、客となにやかやと喧嘩を起こしていたのだ。

ところが、この日は久方ぶりにというべきか、牙娘の機嫌が悪かった。

牙娘の部屋の窓の外には棕櫚《しゅろ》の木を植えて、異国情緒を匂わせてあるし、いつも小ぎれいに片づけて、初夏の今ごろならばきれいに床に水をうってある。部屋の内には、やはり異国風に椅や小卓が備えられていた。それが、今日にかぎって椅は散乱し、小卓はひっくりかえされている始末だ。

牙娘の気性を早くも呑みこんでいる李生は、いきなりどうしたとは尋ねなかった。

「壊れた物はなかったかね。怪我はしなかったか」

隅に据えられた紫檀《したん》の榻《いす》（長椅子）によりかかって、牙娘は顔をそむけていたが、泣いている気配はなかった。泣いていたとしても、悲しいからではない、悔し泣きだと李生は知っているから、わざと先に調度の心配をしてみせた。先に身体を案じてやると、かえってつけあがって手がつけられなくなる。

「それとも、だれかに何か言われたか」

とにかく、悪評の多い妓女である。なにか言われて、いきりたって李生に向かってうさばらしをするのは、これまでもままあることだった。ただ、不思議なのは、その悪評が概《おおむ》ね客からのもので、朋輩の妓女の口から出たと思《おぼ》しきものが、ほとんどない。

だから、牙娘の嵐の理由も妓女同士のいさかいではあるまいと、李生も見当をつけていた。だが、牙娘の口からはまず、妓女の名が飛び出したのである。

「絳真さんのことなんですよ」

「絳真?」

一瞬、李生はとまどった。

北里の、特に中曲の妓女たちの名は、ほとんど知っているつもりだった。それだけ遊んだということではない。牙娘の口から聞いた名もあれば、牙娘のところへ遊びに来ていて、顔を合わせた妓女もいる。気性が荒いと評判の牙娘だが、何故か朋輩の妓女たちには、なにかと頼りにされ相談だのなんだの、持ちかけられているらしいのだ。

もともと、金銭にしばられ頼りない身の妓女たちである。妓女同士、助け合って生きている。

香火兄弟《こうかきょうだい》ということばがある。

妓女同士、義理の姉妹の約束を結んで、なにくれと助け合うのである。一軒の妓館に抱えられている妓女たちは、三、四人。彼女らが女兄《あね》、女弟《いもうと》と呼びあうのはもちろんのこと。近在の数軒の家同士、また気の合った者同士がそれぞれ、姉妹になるのである。

牙娘は、彼女の香火兄弟たちにとっては頼りになる女兄だったらしい。

決して泣き寝入りをしない気の強さは、自分の身の上だけにとどまらず、同じ境遇の、もっと立場の弱い妓女たちのためにも発揮されるのだ。

だが、絳真という名は、牙娘の香火兄弟の内にはなかったはずだ。李生が不審そうな顔をしていると、

「仙哥さんのことですよ」

「ひょっとして、天水仙哥のことだろうか」

李生の脳裏に、以前の宴席で遠目に見た妓女の姿がうかんでいた。興味を持たなかったので、顔も名前もすっかり忘れていた。

「その仙哥さんのことです」

「ははあ、何か雑言《ぞうごん》をいわれたか」

と、李生が訊《き》いたのは、牙娘が天水仙哥こと絳真のことを、日ごろよく言っていなかったからだ。きつい性格で頭の回転の早い彼女にとって、絳真のおっとりとした物腰はにぶく、やさしいのは優柔不断で、人あたりがよいのは媚態《びたい》にしか見えないらしい。おまけに、絳真は酒令の席糾《せききゅう》として、宴の席にはかならず招かれるほどの人気者なのが、牙娘には気にいらなかったらしい。

酒令とは名のとおり、酒の席での遊戯である。言葉遊びもあれば、籤《くじ》をひいたり牌《はい》を使ったり、道具もさまざまならば、遊び方もその判定方法も多種多様である。失敗《しく》じったといって罰杯を呑ませ、勝ったといっては祝杯を呑ませる。酒の上でのことだから、あまり

厳格に規則規則といってしまっては興醒めしてしまうし、あまり緩くすると何もしないのと同様になってしまう。酔ってからむ者もいるだろうし、不利になるや怒りだしてしまう不粋な客もいる。そんな手合いをなだめ、酒に弱い者には配慮をし、あまり傲慢な客は教養と機知でやりこめて、席をしらけないようにするのが席斜の手腕であり、そして温厚な絳真はそういった役割にはうってつけの妓女だったのだ。

すぐむきになる牙娘が席斜に向かず、酒席には敬遠されがちだったのはいうまでもない。自然、牙娘は絳真を敵視する。もっとも、絳真の方は何をいわれようがおっとりと、受け流していたようだ。

そのあたりの事情を呑みこんできている李生は、妓女同士の——というより、これは一方的な牙娘の敵愾心《てきがいしん》だと判断していた。だから、

「何を言われても、よいではないか。おまえの方がよほど美人だ」

実際、牙娘の方が美しかった。きらきらとした個性の差もあるのだろうが、絳真の容貌はどうひいきめに見ても平凡以上ではなかったのだ。

だが、このせりふは逆効果だった。

「そんなことじゃ、ございません」

「なら、なんなのだ」

本来なら、客の方が妓女の機嫌取りなど、するものではない。うさを晴らしにきたのに、

不機嫌な顔など見せられてはたまったものではない。だが、この李生は怒色《どしょく》も見せず、尋ねたのだった。

「絳真さんが、侮辱されたんですよ。こんなことが我慢できますか」

「と、言われても、何が起きたのか、私は知らないんだよ。誰に、どういう風に侮辱されたか、順序よく話してもらわなければ」

牙娘の腰かけている榻に彼も腰をおろし、女の手をとり、辛抱づよく聞く態度を見せると、牙娘も少しは落ち着いたようだ。

「劉致君《りゅうちくん》という方をご存知？　名は覃《たん》というのですけれど」

「ひょっとしてそれは、前の宰相どののご子息のことかな」

李生は、劉覃を知っていた。

いや、おぼえていたといった方が正しい。

あの宴席の日、李生の隣に座っていた少年が、件《くだん》の劉覃である。なんとはなしに気になって、後日、素姓を調べあげていたのだ。

劉鄴《ぎょう》という者が、劉覃の父親である。つい先年まで宰相を勤め、現在は地方の節度使として赴任している。つまり、権力も財力も王侯《おうこう》に匹敵する家ということである。

劉覃はその劉鄴がことに可愛がっている子で、このたびの科挙のために、車で何十台という荷物を連ねて上京してきた。受験者の身辺の物など、たいてい籠ひとつほどにおさまってしまう。受験が終われば、いったん故郷へもどってしまうから、大量の荷物は必要ないのである。それと比べてみれば、劉覃の大仰さが際立つだろう。

十六、七歳での進士合格も、こうしてみれば俊英であるというより、親の七光に違いあるまい。

「ああ、やはりお耳にははいっていましたのね」

「それは、あの若さだけでも評判になるからね。しかし、まだ都にいたのか。進士たちは、とっくの昔に帰郷している頃だろう」

科挙の合格者は、発表後、何度も宴席に招かれる。公の主催のものもあれば、私のものもある。ただ、春もたけなわになり、関宴《かんえん》と呼ばれる官主催の宴が終われば、それぞれ故郷にもどる習慣となっていた。むろん、父は宰相まで勤めた人物であるから、都にも邸第《やしき》は持っているだろう。だが、都に滞在していたところで、何の利もない。進士になったからといっても、よほど上位の成績で、翰林院《かんりんいん》（詔書作製部所）入りを命じられでもしないかぎり、すぐに役職につけるわけではない。まして、いきなり中央の役職など、まず有り得ない。

初夏になって都に残っていても、何の意味もない。

「それなんです。劉致君というお人は、絳真さんにご執心で、会えるまでは帰郷しないと言い張ってらっしゃったんですよ」

「会えるまでといって――そんなに会うのが大変なのかね。それは、一見《いちげん》の客が、いきなり会わせろといってても無理かもしれないが。劉覃ほどの家の子息なら、間をとりもつ物好きの取り巻きが、いくらでも居そうではないか」

「その取り巻きが、いけなかったんですよ。進士さま方のお世話をする連中がおりますでしょう?」

「ああ、所由《しょゆう》たちか」

所由とは下級の吏《り》のことで、進士たちの世話役をもそう呼んだ。官といい吏というが、官が試験を通過したいわば上級職なのに対して、吏は役所の下働きとして採用された下級職で、官へ出世する可能性はない。資格もこれといってあるわけでなく、顔のきく無頼が吏となることもままあった。進士の世話役だからといって、たちのよい吏ばかりというわけでもないのは、当然のことである。

「その所由どもが、劉公子をあざむいたのですよ。金銭さえ出せば、絳真さんに会わせてやるといって、金銀財宝を巻き上げたんですよ」

甘い汁を吸った連中も悪いが、一度も顔も見たことのない妓女に会うだけのために、金銭を注ぎこむ方も尋常ではない。だます方はむろん悪いが、だまされる方にも罪がないとはいえるまい。しかも、当の絳真はそのいきさつを知らなかったのだと、牙娘は主張した。

「知らないものが、行きようがありませんでしょう。意地悪ですっぽかしたわけでなし、だましたわけでもありませんのよ。だのに、劉公子ときたらそれを恨みに思って、戸部《こぶ》の小役人を抱きこんで、なにがなんでも天水仙哥をひっぱってこい。命じられた方も、与えられた銀製の酒器に目がくらんだか、絳真さんの家へ無頼どもをひきつれて乗りこんで、嫌がる絳真さんをおさえて、無理に輿《こし》におしこんで――」

「連れていったのか」

これでは、拉致そのものである。

「絳真さんは病気だったんですよ。ずっと寝こんでいたんです。たとえ、劉公子の招きを知っていても、病じゃ行きようがないじゃありませんか。病中だから、化粧もしてなければ髪も梳《す》いてない。そんな顔を見られただけでも、妓女にとっては恥辱です。おわかりになります?」

李生はうなずかなかった。

理解はできる。

だが、うなずいてしまえば、虚言《うそ》になる。ほんとうにそれを恥辱と感じられるのは、おなじ境遇の妓女だけだろう。

牙娘も、無理に同意させようとはせず、話の続きを急いだ。

「その上、さすがの絳真さんも、悔しくてずっと泣きじゃくっていたそうですわ。でも、そんな顔を好んで人目にさらしたわけではありませんでしょう。そしたら、劉公子はどうしたと思います。輿の垂れを上げて、顔をちらりと見るや、すぐに垂れを下ろして、『連れて行け』。——若君のお気に染まなかった妓女を、あとの連中がどう扱うと思います？　勝手に連れ出された妓女の帰りを、その家が喜んで待っていると思います？」

　牙娘は、この妓館では比較的大切にされている。比較的、というのは、さんざん客と問題を起こしている——傷害事件まで起こしているというのに、手厳しい折檻《せっかん》をうけたという話を聞いたことがないからだ。客と喧嘩しても、不思議とすぐに上客が通ってくるせいもあるだろうが、おそらくこの家の鴇母と血縁関係でもあるのだろう。

　だが、妓女のほとんどは、妓館の女あるじとは金銭だけがからむ関係である。得意先、金銭づるの客を失敗《しく》じってきた妓女を喜んで迎えてやる家は、希有《けう》だろう。

「でも、それはまだ耐えられます。あたしたちには、よくあることですもの。本当に意に染まぬお客は、惨《ひど》い目にあわされても断ることだってあります。どうしてもあたしに我慢できないのは、劉公子のこと。たしかに、劉公子を罰する法などないでしょう。でも、女ひとりをこれだけ莫迦にしてふみにじっておいて、自分は知らぬ顔をしているなんてこと、許されるんでしょうか」

　身を震わさんばかりに、牙娘は告げた。

「なるほど。それで」

「あたしがぞっとするのは、この人がこの先、お役人になって地方にでも赴任された時に、どれだけの人をふみにじって平然としていられるかということです。よけいなことかもしれないけれど、絳真さんの仇をうってあげて、思い知らせておくのも悪いことではないかと思うんですけれど」

これも正論である。苦労知らずの紈綺《がんき》の子弟の傍若無人さは、庶民のみならず、心ある高官の間でも眉をひそめる者は多かった。

「それで、私にどうしろと言うのかね」

と、李生が尋ねると、女はぱっと顔を輝かせて、李生にしなだれかかってきた。

「貴方さまなら、いろんな宴にお顔を出されていますでしょう。どの宴席でもよろしいですわ。劉公子の出る席に、あたしも招いていただけるよう、手を回してはいただけません？」

それ自体は、たいしてむずかしいことではない。評判だけで妓女を判断するような劉罩が、牙娘を指名して招くことはないだろうが、宴の主催者に働きかければできないことではないし、たとえば妓女のだれかれに仮病を使わせて、入れ替わるという方法もある。

問題は、牙娘が招かれた席で何をする気かということだ。

「決まってますわ。満座の人の前で、恥をかかせてさしあげるんです」

「………」

「反対ですの？」

「また、おまえの評判が悪くなりはしないか」

「これ以上、落ちることはないでしょうよ」

「それに、妓女に殴られた程度で恐れいるような手合いには思えないぞ。顔にしたところで、二、三日、家にひきこもっていれば治ってしまうことだ」

「ひきこもっていられないような事が起きれば、よろしいでしょ。どなたか、偉い方からお呼びだしが来るとか」

「世の中、そんなにうまく事が運ぶものか」

「運ぶかもしれませんわよ、ねえ」

と、意味ありげに、李生の顔を盗み見る。

李生は思わず、咳ばらいするふりをして、

「仮にうまく運んだとして、おまえが逆恨みをされるようなことはないか。あとで、陰湿な仕返しをされてはつまらないぞ」

「案じてくださいますの。うれしいこと」

と、首にすがりつく。甘える時は、牙娘も甘える。気の強い女と知れているだけに、全信頼を寄せているといわんばかりの態度に、男はついほだされてしまうのだろう。

李生もついに、否とはいえなかった。

牙娘がこう、続けて告げたせいもある。

「あたしのことは、あたし自身が始末をいたします。ご心配は無用。後生《ごしょう》ですから、どうぞやらせてくださいな」

なんとかしてやろう。

約束をどの程度、牙娘が本気にとったかまではさだかではない。宴席への招待ぐらいまで、とりつけられれば十分と思っていたのか。それとも、それ以上を期待していたのか。

李生にはっきりとわかったのは、諾と告げた後、牙娘の髪の香りが胸へ飛びこんできたこと、そして、その後の牙娘がいつになく、やさしくおとなしかったことだけだった。


さる商人の宴席に、牙娘はひときわ目立つ綺羅《きら》をまとってあらわれた。もともと、顔だちでけなされたことのない妓女である。それがにこにこと愛想をふりまき、また、他の客にもてはやされている様を見せつけられて、劉覃がだまっていられるわけがなかった。

「ここへ連れて来るわけにはいかないか」

と、隣席を指し示す。絳真の騒動以来、まとわりついている小役人が、意外そうな顔をして、

「よろしいんですか。あれは、あの牙娘ですぜ」

念を押して、逆に、

「つべこべいうな。いうとおりにすればいいんだ」

年齢からいえばたった半分の若輩者《じゃくはいもの》に怒鳴りちらされて、すっとんでいった。行った

かと思うと、すぐにもどってきて、

「嫌だと申してます」

首をすくめながら、おどおどと報告した。当然、一喝が落ちるものと思っていたらしいが、また意外なことに少年はにやにやと笑って、

「そうだろう。そう来るはずだ。そうでなければおもしろくない」

うなずいて、もう一度、交渉に行けとせきたてた。

人目につかないように気を配りながら、三度か四度、往復させられたあげく、小役人はようやく、色よい返事をもらってきた。

「衆目のあるところで、突然親しいふりをするのがいやだ。仲を誤解する者もあるからと申すんですが」

「それは、他人の見ていないところで会いたいということだな」

ひとり合点にうなずいておいて、

「それなら、少し酔ったふりでもして、席をはずしてくれればよい。すぐあとから、私も出る」

伝言を聞くと、牙娘はそれまでの愛想よさを表情から消して、すいと立ち上がった。

それを遠目で見ていた劉覃も、後を追うようにふらふらと席をはずす。小役人が心配そうに背後に従ったが、「来なくていい」と突き飛ばされて、小声で悪口をつぶやきながら

もどってきた。

悲鳴が宴の席にまで届いたのは、それからいくらも経たないうちのことである。従者の数人が外を走る気配に、物見高い連中が席を離れて見物に出ていく。その中には、一部始終をわざと離れて見守っていた李生の顔もあった。

回廊の端に、牙娘がたたずんでいた。なにが起きたのか知らないが、彼女の艶姿《あですがた》に変化はない。一方、ちょうど李生が出ていった時、駆けつけた小者にすがりついたのが劉覃である。

「早く、早く」

と、うわごとのようにつぶやいたのは、早く連れて逃げてくれという意味らしい。

最初は物陰になって見えなかったが、小者に助け起こされた拍子に、顔の半面があらわになった。光にさらされた顔を見て、皆、思わずあっといった。鮮やかな紅線が並行に三本、くっきりとなま白い頬を走っていたのだ。

牙娘が爪で引っ掻いたのだと知れるまでには、そう時間はかからなかった。牙娘が、まるで功を誇るように、皆の方に向かって艶然《えんぜん》と微笑《わら》ってみせたからだ。人垣の中に李生の顔を認めたからだと知っているのは、李生ひとりだったにちがいない。

やれやれと、李生は思った。

あとをお願いしますと、牙娘の目が語っていたからだ。

なるほど、殴打ならば冷やせば明日には治っているが、あそこまで血だらけにすると数日は隠すこともできるまい。その間に、のっぴきならない所用ができたらどうなるか。今、遊びの場で笑われているのと、公の席で恥をさらすのとでは格段の差がある。今なら座興のひとつですんで、明日になれば大半の人間が忘れているだろうが、公の席ではそうはいかない。将来の出世に関わるかもしれない。

妓女ひとりの名声に傷をつけた代償として、安いか高いかは、その時の劉覃の態度の是非によるだろう。

李生は、そっと近づいて来たこの宴席のあるじに、目くばせで合図を送った。

光宅坊《こうたくぼう》の自宅で寝こんでいた劉覃に、知貢挙《ちこうきょ》からの使者がやってきたのは、その翌日のことである。

——まだ都に滞在しているならば、少し、尋ねたいことがある。なに、私的なことだが、賢きあたりにも関わりのある件故《けんゆえ》に、君の将来にもきっと利益になるだろう、云々《うんぬん》。

他の件ならば言を左右して言い逃れるか、権勢や財力にものをいわせて断るかするのだが、あいにく知貢挙が相手では、通用しない。進士にとって、自身を及第させてくれた知貢挙は最高の師であり、その恩は生涯にわたるのである。その上、将来、出世に有利に運ぶことだといわれれば、黙って見過ごす手はない。

傷の血はすぐに止まったものの、線はくっきりとついて腫れている。それを、手を回して求めた高価な氷室《ひむろ》の雪で冷やし、傷の上から白粉《おしろい》まで塗りつけてみたが、とうてい隠しおおせるものではない。

仕方なく顔を深く伏せたまま、知貢挙の某氏の前へ進み出て挨拶をした。

知貢挙の家には、翰林学士のだれかれが顔をそろえていた。翰林院は実際の権力は持っていないが、秘書官の彼らはいってみれば皇帝の諮問《しもん》機関であり、その意見は政治にも反映される。その老碩学《せきがく》が居並ぶ中、

「最近、上（皇帝）からのご質問が多くての。それも、進士の誰の噂、彼の話と、誰がお耳にお入れするのか我らの知らぬことばかり。先日も今年の某進士の行状《ぎょうじょう》について、お尋ねがあったのだが、あらかたの者らはすでに帰郷しておる。それで、同年のそなたに確かめたいと思うてな。まず、顔をあげてくれい」

主の知貢挙にいわれて、いやいやながらあげた顔にあざやかなひっかき傷があったものだから、ふだん謹厳な高官たちも思わず噴きだした。

傷は左目の少し上から、まぶたをかすって頬を斜めに渡り、右の顎下に達する派手なものだったのだ。

「どうしたのだ」

と、訊《き》かれて、いや、そのあたりで転びましてなどと言い逃れをはかった方がまだ、恥は小さくてすんだだろう。が、大勢に笑われて動転したか、劉覃は日頃の尊大さも忘れて、

「これは、その、昨日、北里の妓女の牙娘につけられたもので……」

正直に白状してしまった。

「ほう、とんだ艶名《えんめい》だの」

「いえ、私は初対面でございます。それが、なんの理由もなく、顔を合わせたとたんに突然つかみかかってまいりまして」

「それで、おめおめとやられっぱなしになったか」

「は、そのとおりで」

ぬけぬけと応えた少年に、

「不埒者めが！」

雷が落ちた。

「いずれ、妓女との痴話喧嘩の末の醜態であろう。そのようにふざけた話を聞くのも、不愉快ならば、そのように情けないものを見せられるのもけがらわしい。そなたのような若年から、妓女と浮き名を流していては、将来が思いやられる。もう、よいからとっとと立ち去るがよい」

だれの声かは、判然としなかった。最初の怒声の第一声で、劉覃は頭を膝にすりつけんばかりにはいつくばってしまったからだ。

去れと言われたのは、かえってさいわいといわんばかりに、声の主を確かめることもせず、蒼惶《そうこう》として退出してしまった。

物陰で、またやれやれといわんばかりに苦笑していたのは、李生である。

「これで、少しは素行がおさまれば、まだ見どころもあるのだがな」

「では、これ以上のおとがめは」

知貢挙が、安堵の色も隠さずに念を押した。

「なんと言ってとがめる。傲《おご》った心を罰する律令《りつりょう》は残念ながら、ないだろう。これから作るのならば、話は別だが」

「ごもっともでございます。陛下」

「これからは、人物もよく見て及第させることだ」

言ってから、李生はまた苦笑した。


それから二十日ほども経っただろうか。

件の劉覃は、とっとと親の赴任している地方へと逃げ帰ってしまい、噂も、人の動きの激しい長安では、そろそろ旧聞に属しはじめて、ほとぼりは冷めた頃といってよい。

北里の中曲の、牙娘の家の前に立った李生は意外な返答を聞いた。

「牙娘は、会わないといってます」

妓館の鴇母ではなく、その夫らしい小男が、申しわけなさそうに告げたのだ。

「他の客でもいるのかね」

「いえ、そうじゃありません。それでなくても、あんな騒動を起こしたら、牙娘のところへ来るような客はありませんて。わしらも、ほとほと困ってるんですがね。旦那だけは、ひと月と経たないうちにおいでだろうが、入れちゃならないというんですよ」

低姿勢で、ひたすら困惑しているようすは、どうやら見せかけではなさそうだ。

牙娘のわがままには慣れている彼らだが、こんな風に客を拒絶するのは初めてなのだろう。どう扱ってよいものやら、わからないらしい。また、事情を半分悟っているらしい李生にも、どう説明してよいのか見当もつかないといった風で、すがるような目をした。

李生も、怒るよりまず、困惑した。

「理由を、なにか聞いているだろうか」

「それが、わけがわからないんで。なんでも、旦那のご厚意だかお立場だかを利用してしまったからには、もう、お仕えする資格がないとかなんとか……」

「――そういうことか」

しばしの沈黙のあと、李生は低くつぶやいた。苦い微笑が、わずかに唇《くち》もとをほころばせていた。

「その覚悟だったか。利用したのは、こちらの方だったのだがな」

「は？　なんと仰せで？」

ごく小さな声でつぶやいた李生に、男が聞き耳をたてた。

李生は軽く頭をふって、

「そういうことなら、引き下がろう。この幾月かの間、おもしろく過ごさせてもらった、礼を申していたと伝えてくれ」

なるべく機嫌よく告げると、李生は背をむけた。

それ以降、北里に李生と名乗る人物が、現れたかどうかはさだかではない。


大中皇帝ともよばれた唐の宣宗・李忱《りしん》は微行《びこう》を好み、ことに科挙を受けにくる者らとの交際を好んだ。世情によく通じ、思わぬ質問を翰林学士にしたが、だれもその問いに答えられず、その情報源の見当もつかなかったという。

劉覃のその後、また天水仙哥こと趙絳真の末路については、なにも伝わっていない。

牙娘を寵愛した客としては、吏部郎《りぶろう》の趙為山《ちょういざん》という者の名が『北里志』に残っている。牙娘を郡君《ぐんくん》（四品官以上の者の妻）と呼び、妻扱いで宴席にはかならず招いた。彼女に会って帰宅した日は、楽しげでのびやかな表情をしていたというから、ただ気性が激しいだけではない。人の心を解きほぐすなにかを、牙娘は持っていたのだろう。

その後の牙娘の消息については伝わっていない。だが、妓女の別称として、郡君という言葉が後代まで残ったという。

玉面

「ああ、暇だねえ」

がらりと、牌《パイ》を崩す音につづいて、間のびした女の声があがった。

「まったくだねえ」

「つまらないったら、ありゃしない。毎日、おんなじ顔ばかりと突き合わせて、麻雀ばっかりだなんてさ」

「そりゃ、お互いさまだよ」

がらがらと牌をかき回す音と同時に、同調する声がいっせいにあがった。どれも、艶《つや》のある女の声だ。すこし言葉になまりがあるのは、ここが山東《さんとん》（中国北部）だということも関係しているのかもしれないが、興醒《きょうざ》めというほどでもない。

「ああ、だれでもいい。だれか、こないかねえ」

「これだけ客が少ないと、干上がるのも、そう先の話じゃないね」

「縁起でもないことを言うんじゃないよ」

上座に陣取った、もっとも年長の女が、対面の女をにらみつけた。

赤い上着に緑の裳《も》をつけて、髪はきれいに結い上げているのだが、どこか態度にも表情にも、なげやりなものが漂っている女だった。そういえば、卓を囲む女たちはみな、それなりに整った顔立ちをしており、化粧もほどこしているというのに、いちようになにかに疲れ果てているようだ。

「なにさ、縁起でもないことを言ったら、なにか起きるとでもいうの」

なににぶつけていいか、本人もわからない苛立ちが、こんなところに出たのだろう。

相手はけんか腰で、つんと肩をそびやかす。けんかを売られた年長の方も、

「人を呪うようなことは、お止めと言ってるんだよ。素直に聞かないと、来る客も来なくなるから」

「なんだって、ゆうべも客がなかったのは、お互いさまじゃないか。ちっとばかり、年上だからって、姐《あね》さんぶるんじゃないよ。とうのたった大年増《おおとしま》の妓女《おんな》には、金輪際《こんりんざい》、客なんぞつかないよ」

「なんだって」

ふたりが血相を変えて立ち上がろうとしたとたんだった。

「姐《ねえ》さん」

空気にそぐわない明るい声が、窓辺から飛んできた。

この場にいる中でただひとり、窓辺へ椅《いす》を持ち出して、さっきから月琴を爪弾《つまび》いている五人目の女だった。おそらく、この小部屋にいる中では、最年少。十代後半の、若いというより童顔の娘だった。若いが、纏足《てんそく》をした爪先を裳裾《もすそ》からちらりと見せているところなど、なかなか婀娜《あだ》っぽいものもある。

「なんだい、湘《しょう》ちゃん」

年かさの方が、いらだった口調をすこし残しながらも、おだやかに訊《き》きかえした。けんか相手の妓女は気をそがれ、ぷんと頰をふくらませて、どすりと音をたてて椅に座りこむ。ふたりの間にはさまれて、どうなることか不安半分、興味半分で見ていた残りの妓女ふたりが、あからさまな安堵の色をうかべて、顔を見合わせていた。

その空気を知ってか知らずか、

「あら、ごめんなさい、楚蓮《それん》姐さん。お話し中だったんですか？」

娘は、とぼけた調子で訊いた。

明るい粉色《ももいろ》にぬいとりをほどこした、襟のある袍《ほう》の上に、袖のない坎肩《かんけん》（ベスト）を重ねて着、裾からは繻子《しゅす》製の三寸ほどの靴をのぞかせながら、くったくなく笑っている。

ただ、表情こそ笑顔を作っているが、他の妓女たちとちがって、黒目がちの両眼の光がきらきらと強い。小柄で色はすこし浅黒いが、見る者が見れば、そうとうに頭の回転の早い娘だと気づくだろう。楚蓮姐さんと呼ばれた年長の妓女も、そんなことは百も承知の上だ。ついでに、この娘が、たくみにけんかの仲裁にはいったのだということもわかっていた。

「話ってほどじゃないけどさ。なにかあったの、湘蓮」

「雨が降ってきました。それだけだったんですけど」

そういって、湘蓮はまた円窓の外を見た。

なるほど、繊細な模様を描く格子の、すぐ外に植わった柳の若い葉が、浅い緑色に濡れている。

「おや、また雨かい。こう雨ばっかりじゃ、客足が途絶えるのも無理はない」

嘆息する者と、

「おかげで、こうやって部屋で遊んでいても、お鴇母《かあ》さんにも叱られない。けっこうな話じゃないか」

笑いとばす二派に、妓女たちは分かれた。

雨は、ここ数日、たしかに降り続いている。この時代、雨具も貴重品で、めったやたらに買えるものではないから、雨が降れば、人通りはすぐに絶えてしまう。仕事にあぶれる者も、きっと多いのだろう。身体を動かして働く必要のない者でも、雨の日は、用事があってもなるべく外出はしたくないはずだ。まして妓館になど、よほど惚れた妓女でもないかぎり、足が向くことはない。

というわけで、ここ数日、この妓女たちは商売にならず、こうやって麻雀で無聊《ぶりょう》をなぐさめていたという次第だ。

ちなみに、妓館は幻想を売る場所でもあるから、妓女たちのなまの生活を見せるのは厳禁だ。客がひとり妓館の中に流連《いつづけ》でもしていたら、別室にせよ、こうやって昼間から妓女たちが集まって、麻雀に興じることなど許されなかったろう。

そういう意味では、この悪天候は、彼女たちにとっては思ってもみなかった骨休めの期間でもあった。

ただし、

「時たまでも、客があるのは湘蓮ただひとりとは、けっこうな話だよ。まったく、男をたらしこむのがうまいんだからさ、湘ちゃんは」

さっき楚蓮にけんかをうっていた妓女が嫌味を言ったのは、客がなければ自分にも妓楼にも稼ぎはないわけで、客のつかない妓女はそれだけ、居心地の悪い思いをしなければならないからだ。こういう場所だ、若くて人気のある妓女は、それだけで嫉妬の対象になる。

ただし、

「およしよ、双双《そうそう》姐さん」

「そうだよ、みっともない」

と、残りのふたりがすぐに仲裁にはいったところを見ると、湘蓮は他の妓女たちにはおおむね、受けがいいらしい。

「湘ちゃんに客があるおかげで、あたしたちもおまんまの食い上げにならなくてすんでるんじゃないか」

「雨のせいばかりじゃないんだもの、客がこないのは。昨日の湘ちゃんのお客も、いってたじゃないか。ここいらは今年、不作で米が高いってだけだけど、他の土地じゃ、ここ数年、ずっと米も麦も一粒もとれなくて、飢饉になりかけてるって話だよ」

「これもご時世かねえ。ろくでもないことばっかりだよ。米も諸事も高くなる。帝は亡くなる。元号は雍正《ようせい》に変わる。飢饉になりかける。あたしたちには客が来ない」

指を折って数えあげる妓女に、他の者は皆――双双までもがわっと笑いだした。もっとも、笑いながら、

「米といえば、湘ちゃん。あんたのごひいきどうしたのさ。あの、米屋の老爺《ろうや》さ。このごろ、すっかりおみかぎりだわね」

しっかりと嫌味を言うことは忘れない。

「来なくていいよ、あんな吝嗇《けち》」

怒ったのは、楚蓮の方だ。

「おや、楚蓮姐さん、そんなこと言っていいのかい。馮《ふう》の老爺は、湘ちゃんの大事な金銭《かね》づるじゃないか」

と、双双は、まってましたとばかりにからんできた。

「あいつが湘蓮にだけはたんまり、祝儀をはずんでくれるもんで、客のつかない姐さんまでが、大きな顔をしてられるんじゃないか」

「たいがいにおしよ、双双。人を呪わば、ともいうんだからね」

「けっこうだね。どうせ、先の見えない暮らしだもの。どうなったってかまやしない。でもね」

そこでひと息いれた双双の目に、うっすら光るものを見て、一同もまた、思わず息をのむ。

「このご時世、となりの州じゃ人が生きるか死ぬか、かつかつに飢えてるって時に、米を倉に積み上げて売り渋って、ひともうけ企《たくら》むなんて、まっとうな人間のすることじゃない。そいつの金銭は、貧しい人の命も同様。それを受け取ってお世辞をふりまく奴らの気も、あたしには知れないんだよ。その金銭で飲み食いするぐらいなら、あたしも餓死した方がなんぼかましっていうものさ」

火を吐くような双双の口調に、一同はしんと静まりかえる。湘蓮は窓辺に腰掛けたまま、じっと月琴を抱いてうつむいたままだ。

「双双姐さん、でもそれは湘ちゃんのせいじゃ……」

「そうだよ、お客を選り好《よごの》みできるものなら、みんなそうしてる。お鴇母さんにさからったら、どうなるか」

中のふたりが、仲裁にはいったのだが、

「それでも、あの業突張《ごうつくば》りに媚びを売ってるのには変わりない。玉面狐《ぎょくめんこ》とは、よくいったもんだ。可愛い顔をして、きたないったらありゃしない」

「双双!」

楚蓮が怒気も激しくたちあがるより先に、戸口から声が飛んだ。

「お鴇母さん……」

小柄な中年の女が、妓女たちをにらみつけていた。年齢《とし》はとっているが、かすかに色香が残っていないでもない立ち居振舞が、この女の前身と、現在の職業を如実にあらわしていた。その背後からは、下働きと用心棒を兼ねる男たちの面白そうな顔が二、三、ならんでいる。

だれより早く、湘蓮本人が女将のもとへ飛んでいった。

「お鴇母さん、双双姐さんに悪気はないんです。とがめだてはしないであげて」

「よけいなこと、しなくてもいいよ。まして、あんたにかばわれるなんて、まっぴらだ。孩子《こども》の時からお鴇母さんに可愛がられているからって、大きな顔をしてさ……」

かっと頭に血がのぼってたんかを切る双双を、妓女ふたりが肩をおさえ手をとり、まあまあとなだめる。けんかをするのは珍しいことではないし、この妓楼で働く者同士と思えと思うはずだ。


ば、人が罰を受けるのは我が身と同様でつらい。この双双だって、頭が冷えれば悪かった
だが、妓女を監督する側からは、そうそう同情もしていられない。

女将は湘蓮をまあまあとなだめながらも、

「あたしはね、双双、あんたが湘蓮を悪く言ったからとがめるんじゃない。お客の悪口は、たとえ本人が聞いてないところでも厳禁と、言ったはずだよ。その上、いくらお客がなくて暇だからって、客部屋で麻雀はやる、酒は飲む、その上に表まで聞こえるような声でわめきちらす。これが、うちの妓女かと思うと情けなくて、口を出す気になっただけさ」

声自体はさほど大きくさほど威圧感はない。小柄な女将に下からにらみあげられても、さほど威圧感はない。ただ、年期の差とでもいうのだろうか、腹にひびく低い声でゆっくりと言われると、双双の顔色からさっと血の気が引いた。

「いいかい、あたしはあんたにうちの中で好き勝手わめかせるために、ここにいてもらってるわけじゃないんだ。うちにいる間は、お淑《しと》やかにしてもらおうじゃないか。それが嫌なら、他所《よそ》へ移ってもらうだけさね。どうだね、双双」

「……あたしは」

「どうするね、他所へ移るかい」

「ここに……います」

「そうかい。それじゃあ、自分の部屋に戻って、しばらく頭を冷やしておいで。ついでに、今夜の食事は抜くからね」

「お鴇母さん、それじゃあんまり……」

「なにを言ってるんだい、湘蓮。馮老爺の金銭で飲み食いしたくないといったのは、双双の方だよ。今日び、諸事、物価があがっていくら金銭があっても食事にありつけない者だって、いくらでもいるんだ。一度や二度の食事ぐらい、なんだい。おまえが食べなきゃ、その分、だれかの腹がくちくなるって寸法さ」

女将の方もかっとなっているから、言うことがきつい。こういう時は、周囲がとりなせばとりなすほど依怙地《いこじ》になるものとわかっているから、湘蓮も、他の妓女たちも口出しを止めた。

それが功を奏したのかどうか、女将の口調もすこし柔らかくなって、

「ただし、今夜、おまえが客をつかまえたら、その時は好きなものを外の店からとっていいからね」

言われて、双双は青い顔のまま、きゅっとくちびるを噛んでくるりと踵《きびす》をかえした。

「おまえたちも、いつまでも遊んでるんじゃない。いい気なもんだまったく。おまえたちがそうやってつまんでいる西瓜の種だって、無料《ただ》じゃないんだよ。さっさとかたして、化粧のひとつも始めないか。双双に続いて、おまんまの食い上げになるのはだれだい？」

腰に手をあて、仁王立ちで言われて、妓女たちもしぶしぶながら腰をあげた。牌をしまい卓をかたづけ、てんでに自分に割り当てられた小部屋へと戻っていった。

「……湘蓮、気にするんじゃないよ」

ちいさな鏡にむかって化粧をはじめた湘蓮の背中に、戸口から楚蓮が話しかけた。

「双双も悪気があってのことじゃないんだよ。あの子は他の土地から移ってきて、まだ借財も山ほど残ってるんだよ。客がなくていらいらする気持ちも、わかっておやり。孩子《こども》の頃からここで育ったおまえとちがって、心細いことも多いんだよ、きっと。だけど、意地っぱりだからね、双双は。だから、おまえにきつくあたってるんだよ」

「わかってます、姐さん」

湘蓮は、平静だった。

すこし肩を落とし気味だが、すくなくとも意気銷沈《しょうちん》といったぐあいではない。どちらかといえば、なにか考えこんでいる風だったが、やがて、

「双双姐さんは、もとはいい家の生まれだから、この勤めがつらいんでしょう」

「そうかもしれない」

と、楚蓮は苦笑する。

「あたしもおまえも、生まれた時から、ここの人間だったからねえ。双双のほんとの気持ちは、わからないよ」

楚蓮も湘蓮も双方とも、母親も妓女で、生まれてこの方、色街の暮らししか知らない。湘蓮の母親は彼女が幼い時に亡くなっていて、そのあとの面倒を見たのが母親の妹分だった楚蓮である。湘蓮が十五で妓女として売り出した時、義姉妹となって後見してやったのも、当時この妓楼で一番の売れっ妓だった楚蓮だった。

ちなみに、妓女同士が義理の姉妹となって互いに助け合うのは、唐代からさかんだったという。香火《こうか》兄弟《きょうだい》ともいう関係は、さまざま面倒の多い色街で助けあって生きていくための、妓女たちの知恵でもあった。

湘蓮にとっては、楚蓮は母であり姉であり、唯一の家族といってもいい存在である。妓女としての全盛期は過ぎてしまったが、酸《す》いも甘いも嚙みわけた苦労人であり、根は人のいい楚蓮のいうことなら、湘蓮はなんでも「是《はい》」と言ってききわける。

「とにかく、許しておやり。できれば、この次のお客は、双双に譲ってやるんだね。お鴇母さんへのいいわけなら、あたしがなんとかしてやるからさ」

ところがこの時にかぎって湘蓮は、

「姐さんの言うことだけど、今回だけはできない相談になるかもしれない」

言って、にこりと笑ったのだ。

「なんだって」

もちろん、楚蓮は耳を疑う。

「湘ちゃん、気でも狂ったのかい。それともあたしが聞きまちがえたんだろうか。これ以上、双双と事をかまえてどうしようっていうんだい」

「あたしは、馮老爺のことを考えてたんです。悪い人じゃないんですよ。あたしには、優しいし」

「だからといって、惚れてるわけじゃあるまい？　それとも、まさか落籍《ひか》されたいと思っているのかい」

「……とんでもない。あの家は、奥さまのほかに姨娘《いじょう》（妾）も多いし、老爺はしまり屋で、糸くずひとつ捨てられないという噂も聞きますし。でも、あたしは色街生まれで贅沢暮しに慣れてるから、人の家の奥向きは、とうてい勤まらないでしょうし」

「だったら、かばうことなんかないじゃないか」

「それはそうだけど……。双双姐さんの言うことも、もっともですもの。馮老爺が値上がりを見込んで米を売りしぶって、人が飢えようが困ろうが平気なのは事実です。それでいて、銭は盗賊に狙われるから家には置かない、と言うんですから。でも……」

「でも、なんだい？」

「そういう人が、もしもあっさりと米を売れば、評判もすこしは良くなるでしょう？」

「そりゃあそうだけど……」

「要するに、ここいらじゃ、米がないわけじゃないんだし、馮老爺が買いだめている米が出まわれば、ほかの米も売りそびれたら困るから店に出てくると思うんです。そしたら米は安くなる。みなのお腹はくちくなる。馮老爺は吝嗇だといって恨まれることもなくなる。そして、双双姐さんの気もすこしはおさまるでしょう。みんな、丸くおさまるじゃありませんか」

湘蓮は、光の強い目をさらにきらきらさせた。

「そりゃ、まあ……。それに、そうなったら、この州のみんなは大喜びだろうさ。でも、どうやってやるんだい?」

「ちょっと考えがあるんです」

「考え?」

「双双姐さんは、あたしのことを人をだます玉面狐といったでしょう」

「あんなこと気にしちゃ、だめだって言ったじゃないか」

「いえ、気にしてるわけじゃないんです。ただ――」

「ただ?」

「人をだますのって、悪いことばっかりじゃないと思うんですよ。ことに、双双姐さんにはわかってほしい」

「……そんなこと、できるのかい?」

人のいい楚蓮はもう、目を白黒させるばかりだ。彼女たちは、歌舞音曲《かぶおんぎょく》の訓練はうけているが、学問はない。もともと、女には学問がないのが美徳という国であり時代である。その上、学問には金銭がかかる。都のお役人や文人墨客を相手にするならともかく田舎の場末で色を売る妓女が、小難しいことを知っていてもろくなことはない……といわれて、楚蓮は文字もほとんど読めなかった。

湘蓮も、簡単な手紙を読み書きできる程度の知識しかない。それでも独学でそこまでになったのは、客に甘いことばを連ねた手紙を送れば、よろこんで通ってくるからだ。湘蓮が今、この妓楼での稼ぎ頭の地位にあるのは、そんな工夫と、その陰の努力とがあるためだが、やはり無学にちかい双双たちにしてみれば、湘蓮のやり方はずるいと見えるのかもしれない。

楚蓮は可愛い妹分のことだから、素直に湘蓮の利発さにいち目置いているのだが、さすがにこの時は、彼女の頭の回転についていけずにめんくらうばかりだった。

「できると思うんです。ただ……」

前半はきっぱりと言っておきながら、後半、ちょっと小首をかしげて、湘蓮は口ごもった。

「また、ただ――かい？　いったい、なんだっていうんだい」

「姐さんやお鴇母さんにひと芝居、うってもらわないと、これは成功しないんです。姐さんは心配ないと思うけど、お鴇母さんは承知してくださるでしょうかしら」

「ふだんから可愛がってるおまえの言うことだ、聞き分けてくれるだろうし、だめでも、あたしが口添えしてあげるよ。だけど、なにを思いついたんだい、おまえ」

「姐さん、耳を貸してくださいな」

　歳上だが、よほど湘蓮に信頼を置いているのだろう。素直に歩みよって、椅にかけた湘蓮の上へ半身をかたむけた。

　細い首を伸ばして、湘蓮はその耳になにやら短くささやいた。楚蓮は、すぐに目を見開いて、

「そんなことって、おまえ……」

「いいんです、姐さん。あたしに考えがあってのことですから、ぜひお願いします」

「考え、かい？」

　この娘が利発なのは知っているが、なにを考えているのかわからないのが不安なのだ。楚蓮は疑わしそうな顔で、なかなか肯首しなかった。

「頼みます、姐さん。ここから先をお話ししてしまうと、だれに策略がもれるともかぎりませんもの。ただ、姐さん方はそれとなく、噂を撒いてくだされればいいんです。数日うちに、馮老爺の米倉が開くから、お銭《あし》を用意して待っているようにって」

「そんなことといって、うまくいかなかったらどうするのさ」

「大丈夫。きっとうまくいきます。お銭はあるんでしょう？」

「ああ、お銭ばかりがあって買う米がなくて、このままじゃ、みすみすお宝の山に埋もれて餓死するしかないかと、みな、心配してるぐらいだからさ」

黒目がちの眼でみつめられて、どうやら湘蓮の決心のほどを得心したらしい。ようやく楚蓮もうなずいた。ただ、

「でも、ほんとうに大丈夫だろうね」

と、念をおすことは忘れない。

「心配いりません。姐さんにもお鴇母さんにも、ご迷惑はかけませんし、あたしの身も大丈夫。馮老爺にだって、けっして損はかけさせません」

「わかったよ。お鴇母さんにも話してみようよ。反対はすると思うけどね」

「お願いします」

うれしそうに、湘蓮はうなずいた。

さて、それから数日後のことだった。

「湘蓮を呼べ」

腹を突きだすように、そっくりかえって妓楼の扉をくぐった初老の男があった。後頭部に編んで垂らした弁髪《べんぱつ》は、灰色で量が少なく、それが妙にこの男を貧相に見せている。

「まあ、馮老爺」

入ったところは、吹き抜けの広間になっていて、妓女たちが客待ち顔にたむろしている。その中から真っ先に立ち上がって出迎えたのは、双双だった。

「ようこそ、おいでなさいまし。ずいぶんお見限りでございましたこと」

手にした薄絹の手巾《しゅきん》をふりながら、自分より背のひくい男の肩にしなだれかかる。それを男は邪険にふりはらって、

「湘蓮はどこだ。出迎えはどうした」

馮は勝手知った建物の奥へ、ずかずかと踏み入っていく。

「あら、馮老爺。ご存知ありませんの」

と、双双はその手をとってひきとめる。およしよ、とほかの妓女たちが目くばせするのを知らぬふりをして、

「湘ちゃんには、ついこの間から、別のお客が通ってきてますのよ。れっきとした馮老爺という方がありながら、とんでもない話でしょう」

「そのことなら、先刻承知だ」

と、馮は妓女の手を振り払う。

「ほかの客が通おうが、儂《わし》はかまわん。儂の妓女というわけではないからな」

遊び方にもいろいろとあって、月々いくらと金銭を払い、その間は妓女を借り切りにする方法がある。妓女を独占したいなら落籍して姨娘として家に入れるのがふつうなのだが、

妻女がなんとしても承知しない場合や、すでに何人も入れてしまっている場合、また、落籍するほどの多額の金銭を用意できない場合などの妥協策のひとつなのだ。妓女の方も、その間、複数の客の相手をする必要がない分、楽だし、むろん、妓楼にしてみれば先払いでまとまった金銭が手にはいるのだから歓迎する。

むろん、その間、妓女が別の客をとるのは厳禁だが——馮は、湘蓮をひいきにして足繁く通ってくるくせに、湘蓮を借り切りにしようとはしていない。理由はといえば、

「そうなったら、借り切りの金銭の上に、祝儀代だの心づけだのを出さにゃならんじゃないか。それに、その間、毎日通えるとはかぎらん。余分な金銭を出した上に、飲み食いの代はまた別勘定じゃあ、ひきあわん」

それくらいならいっそ、湘蓮を身請けしたいのだがという話が、馮の方から一度出たことがあるが、これはまだまだ、湘蓮が稼げるとにらんだ女将が承知しなかった。

というわけで、馮は久々に通ってきたところだったのだが、

「なんだって。口答えするのかい！」

女将の甲高い声が、往来へまで通りぬけていった。

「姐さんがおまえのためにこれまで、どれだけよくしてくれたか、忘れたのかい。それを、姐さんの客を盗っておいて、なんていいぐさだい、この恩知らず」

合間に、女の泣き声が聞こえる。それもふた通りで、一方の声は泣きじゃくりながらも、

もう一方をなじっている。はっきりとは聞き取れないが、

「よくも裏切ってくれた、よくもだましてくれたね」

と、くりかえしているようだ。間に打擲《ちょうちゃく》の音がまじったため、男は足を早めた。

「なにをしている！」

廊下の奥の扉をたたきつけるように開けて、馮は一喝した。

「客が来ているというのに、出迎えもせず、この騒ぎか。しかも、その客の敵方《あいかた》を、客の前でいじめるとはなにごとだ」

「あ、馮老爺……。こ、これはこれは、お出迎えもいたしませず。ご機嫌うるわしゅう、祝着しごく……」

変わり身の早い女将が、もみ手をしながら飛んできた。それをまた、汚いもののようにふりはらって、

「なにがご機嫌うるわしいものか。儂の湘蓮をいじめて、おまえらは楽しいのか。とっとと出ていけ。そこにいるのは楚蓮か。おまえもなんだ、義妹をかばうどころか、手をあげるとは。ええい、おまえらの顔など見たくはない。出ていけ。この部屋からとっとと出ていけ」

追い立てながら、床に倒れて泣きじゃくっていた湘蓮を、こわれものでも扱うような慎重さで抱き起こした。

「儂が来たからには、もう安心だ。泣くでない。女将も楚蓮も追い払った。こわいものはないぞ。これ、泣くでない」

　孩子《こども》か子猫をあやすように相好《そうごう》をくずし、湘蓮の身体を膝の上にかかえあげ、髪といわず、背中、腰といわず、無骨な手でなでまわす。また、湘蓮も男の肩に頭をもたせかけてしくしく泣くばかりで、男のなすがままになっているので、男は大喜びだ。

「いったい、どうしたんだ。こんな騒ぎは初めて見たぞ。話してみろ」

「あたしがお客を盗ったって、姐さんが怒ったんです。あたしはお鴇母さんのいいつけどおりにしただけなのに。でも、そう言ったら、お鴇母さんがあたしを虚言《うそ》つきだって……」

「そいつはひどい」

「あたし、盗る気なんてありませんでした。若い殿方ならだれでもいいってわけじゃありません。財産があることを鼻にかけて、いけ好かないんです。それに、しつっこいったら……」

　と言って、湘蓮は思い出したように、自分で自分の肩を抱いてぞっと身震いした。

「そうか、そんなに嫌なやつだったか」

「それが、また、来るといったんです。あたし、嫌で嫌で。お鴇母さんに、堪忍してくれと言ってたんです。それを聞いて姐さんが、自分のお客を盗ったって。そしたら、お鴇母さんが手のひらをかえして……。その間にも、あの人が来たらどうしようかと、気が気じゃないところへ、老爺がいらして、救ってくださったというわけです。ほんとに、どれだけありがたかったか」

と、泣きながらしなだれかかったものだから、馮は魂も消し飛ばんばかりに喜んだ。もともと湘蓮は客あしらいがよく、初老に近いこの馮も、ふだんからおだてられ甘えられ、いい気分にさせられている。だから、この時もころりと信じた。

「そうか、そうか、そんなに嫌だったか」

湘蓮を抱きあげ、小部屋の奥に据えられている牀《ねだい》へと連れていく。牀は、それ自体が小さな部屋のような造りになっている。繊細な格子模様のついた扉と、紗の帳幕を肩で分けると、その奥は全体が腰ほどの高さになっていて、吉祥模様を散らした紅い布団が敷きつめられている。その奥の台に腰を降ろして、

「どう嫌だったんだ。儂に話してみろ」

「いやですわ。そんなこと」

「なにを恥ずかしがることがある。おまえと儂の仲じゃないか。しつこいといったな、どうだ、こうか？」

と、膝の上に載せた湘蓮の腰を引き寄せ、胸を撫でまわした。

「ええ、それに乱暴で」

「では、こうか」

丸い指にしては器用に、湘蓮の衣服の胸の釦《ぼたん》をさっさとはずし、するりと片手を内にすべりこませる。中につけている胸覃《きょうたん》（胸を被う下着）の上から、乳房をわしづかみにされて、

「あっ」

さすがに細い眉をひそめ、悲鳴をあげて身をよじらせる湘蓮に、馮は刺激を感じたらしい。

「逃げなくともいいではないか」

「だって、恥ずかしいじゃないですか」

「いまさら、なにを……」

「ああ……」

あとは夢中で、牀の中へ湘蓮を抱きいれると、そのまま朝まで歓を尽くし、馮は上機嫌で帰っていった。

その翌日、湘蓮の使いが、馮の屋敷へ手紙を持ってきた。中には、たどたどしいものながら、湘蓮自身の筆跡で、

『すぐに、おいでを乞う』

一読して、馮はとるものもとりあえず自宅を飛び出した。

実は、自宅にもどったあと、馮は湘蓮の妓楼に見張りをやっていた。口ではああいったものの、若い客が現れたと聞けば、初老の馮も内心では心おだやかではなかったのだ。嫉妬もあったし、どうやら女将がいい金銭《かね》づるになるとにらんでいることが、馮にはわかっていた。

「あの女将め、すこしでも金銭になることだったら、なんでもやってのけるからな」

と、自分のことは高い棚の上にあずけて、彼は案じていたのだ。

湘蓮に呼ばれて、

「いわんこっちゃない」

馮がかけつけると、湘蓮は自室に閉じこもって泣きじゃくっていた。

「いったい、どうしたんだ。儂も、そうそう暇ではないんだぞ」

と、余裕を装って告げたものの、涙でうるんだ湘蓮の目を見たとたんに、そんな見栄はふっとんだ。

「お鴇母さんが、あたしを売りに出すって言いだしたんです」

「なんだと」

「あれから、またお鴇母さんとけんかになったんです。あんまり、楚蓮姐さんの肩ばっかり持つものだから、言ってやったんです。この店で今、一番かせいでるのはだれですかって。そしたら、お鴇母さんが腹をたてて、あたしを売りにだすって……」

「そうか、それなら儂が……」

すかさず言った馮に、

「百両のお銭が、すぐに用意できまして？」

湘蓮もすぐに訊きかえした。

「百両？」

「お鴇母さんは、孩子《こども》の時から育てたあたしには、元手がかかってるんだから、それぐらいもうけないと引き合わないっていうんです。そしたら、このあいだのお客が、それを聞きつけて……」

「このあいだ、というのは、楚蓮の客というやつか」

「はい、それぐらいなら用意できる。故郷で工面してくるから、五日ほど待ってくれって。あたし、こんなに早く話が進むなんて、びっくりしてしまって、それで老爺にご相談しようと思って……」

馮にすがりついて、湘蓮は顔を肩に埋める。これには馮もまんざらではなかったが、さすがに、疑問がわいたらしい。

「しかし、湘蓮。そいつは、それだけの大金をすぐに用意できるんだろうが。女将といがみあっているより、あっさり落籍されるなら悪くない話ではないか」

「老爺、老爺までそんなこと」

と、わっと泣き出したところを見ると、ほかの妓女たちにもそう言われたらしい。

「申しましたでしょう。あたしは、あのお客が大嫌いですって。それに、あの人は天津《テンシン》の商人です。落籍されたら、あたしは知った人もいない天津へ連れていかれるんですよ。もしも、むこうで何かあった時に、だれに頼ればよろしいんですの？」

なるほど、と馮はうなずく。それならば、若い男が嫌だという話より納得がいく。

「同じ落籍されるなら、ほとんど見ず知らずの人より、長く可愛がってくださった方にお仕えする方がずっといいですわ。ねえ、老爺、なんとか百両、工面していただけませんでしょうか。ご相談というのは、そのことだったんですわ」

「ふむ、百両とは……」

手もとに、そんな大金がないことははっきりしている。金銭はないが——米は倉に腐るほどなっている。米は不足だから、高値で売れる。在庫の一部を売りはらっただけで、百両ぐらいは簡単に作れる。

だが——。

馮はその場で、うむ、と考えこんだ。

あと、ひと月、売りしぶれば、米の価格はもっとはねあがる。もうけも、百両どころではないはずだ。もっと押さえておけば、さらに高騰するだろう。しかし……。

「老爺、あたしを助けてくださいまし」

湘蓮にすがりつかれて、馮は気がついた。ひと月後、百両が二百両になったところで、湘蓮は人の物になってしまっているだろう。その先、いくら米が金銭に化けたところで、買うものがなければ金属の屑といっしょだ。

「よし、わかった」

腹をくくって、馮はうなずいた。

「今すぐ米を売って、金銭を作ろう。急なことだから、銀で百両というわけにはいかんぞ。銅銭で払うことになるから、それはおまえが女将に承知させるんだ」

金銭は、その重量の単位で取引をするのが通例だった。銀はその額に合わせて、塊を切ってやりとりするし、銅銭も、表面の額面ではなく、実際に計った重さがその基準になる。流通しているのは銅銭で、銀が必要なら両替屋へ持っていって交換してもらう。それを馮はいったのだが、

「はい、かしこまりました」

湘蓮が、涙に濡れた目でうれしそうに請け合うと、それですっかり安心して、飛び出していった。

その背が見えなくなったとたん、

「お鴇母さん、楚蓮姐さん、お疲れさまでした」

湘蓮はにこりと笑って、奥の部屋に隠れていたふたりを呼んだ。

「みんなに知らせてくださいな。馮家の米倉が開きます。早く行って、買ってくださいって」

「……おまえ、よくもまあ」

小柄な女将は、あっけにとられているばかりだったが、楚蓮はすこし心配そうに、

「でも、湘ちゃん、あんなことを言って、大丈夫かい？　馮老爺は、おまえを身請けするつもりだよ。あの家に入ってしまって、いいのかい？　あとで嫌だっていったって、老爺が承知するかしら。反故《ほご》にして怒らせたら、あとでなにをされるか……」

「心配、ご無用ですわ、楚蓮姐さん。あたしのやることに、ぬかりはありません」

さっきまであれほど泣きじゃくっていたとは思えない、けろりと明るい表情で、湘蓮は笑ってみせたのだった。

――馮家で米を売るそうだ。

噂が広がるのは早かった。

それでなくても、皆、いつ、売りにだされるか、いつ米倉の扉が開かれるか、見守っていたのだ。噂を聞くがはやいか、今まで無用の長物となっていた金銭をかかえて馮家の前につめかけた。

馮も、米をすべて売ってしまう気はなかった。湘蓮を身請けするだけの金銭、それにくわえて湘蓮の身辺の支度や披露の費用、女将たちへの祝儀など、必要なだけの額はこまか

く計算して、その分だけを売ってしまえば、そこで客をことわり店を閉じようと思っていたのだ。

ところが、店の前に詰めかけた客は、売れば売るほど、減るどころかかえって増える。それも、皆、決死の表情である。

いいかげんなところで、もう品切れだと家人に叫ばせようとした馮だが、その迫力にはさすがに気圧《けお》された。下手に止めると、暴力、腕力に訴えかねない。

それでなくとも、馮家が米を買い占め、売りしぶっていたことは知れ渡っており、恨みをかっているのだ。とりあえず米が人々の間に行き渡り、満足するまでは止めるわけにはいかなかった。

結局。

米倉の三分の二を売り払ったところで、その日が暮れたため、人々も引き下がった。馮家では、翌日もどっと人々がおしかけることを予測して、店を内側からしっかりと閉めきり、残った米を守ろうとした。

ところが、夜が明けても、馮家の前には人ひとり、現れない。不思議に思って城内に調べに行くと、ほかの米屋がいっせいに、値下げした米を売りに出していた。馮が米を大量に売りに出したために、米の需要が下がったのだ。機を見るに敏な者が価格を下げて倉を開くと、その後いっせいに城内の同業者が追随したというわけだ。

こうなってしまうと、これ以上、米を抱えこんでいても仕方がない。泣く泣く、適当な値にまで下げて店を開いたが、客はちらほらと現れただけで一日が過ぎた。

その翌日も、またその翌日も、似たような状態だった——つまりは城内および近隣に米がいきわたり、価格がすっかり落ち着いたのだった。

米倉の米を全部、当初の価格で売った場合の利益を、馮はちらりと考えてみた。皮算用していた額から考えれば損をしたことになるが、しかし三分の二は売ったわけだから、原価から考えればそんな大損をしたわけではない。すくなくとも、みあった額の金銭はその手に残ったわけだ。もちろん、湘蓮を身請けしても余りかえる額だ。

米を売った噂は湘蓮にも、妓楼の女将の耳にも届いているだろう。ぼやぼやしていると、天津の若い客というのがもどってきて、湘蓮をかっさらってしまう。現金を持って、妓楼へいかなければ——と思いたった時も時。

妓楼の方から、使いがやってきた。

「湘蓮姐さんからでございます」

妓楼で下働きをしている中年の男が、申しわけなさそうな顔で手紙をさしだした。

「なに、まさか、もう落籍されてしまったわけじゃあるまいな?」

と、馮はあわてた。ところが、

「落籍?　なんのお話でございましょう」

使いの男は、不思議そうな顔をする。

「湘蓮が、天津の客に身請けされるという話だ」

「はて、そんな話は存じません。そもそも、うちの女将さんは、まだまだ湘蓮姐さんを落籍させる気はございませんよ。湘蓮姐さんは、年齢は若いけれど今一番の稼ぎ頭で、大事な看板でございますからねえ」

「で、では、儂が――」

儂がした約束はどうしてくれるといいかけて、馮は口をつぐんだ。男は、ほんとうにきょとんとしている。なにも知らない者に訊いても埒《らち》はあくまい、それより湘蓮がいってよこしたことを読む方が先だ。

『――お鴇母さんは、あたしとけんかしたことをひどく悔いて、あちらから謝ってきてくださいました。あたしとしても、孩子の頃から養い育ててくださったお鴇母さんに感謝しこそすれ、恨むなんてとんでもないことです。楚蓮姐さんも、わかってくれましたし、あたしもまだ、お鴇母さんや姐さんに、ご恩がえしができていません。それで、申しわけないのですけれど、身請けの話はなかったことにしていただきたく――』

「そんな、莫迦な――」

馮は絶句するしかなかった。

「身請けされたいと、湘蓮から言いだしたことだぞ」

「は？」

使いの者のけげんな顔は、本物である。それはそうだ。湘蓮が馮に身請けを頼んだのは、ふたりきりの時で、ほかにだれか証人があるわけではない。

「さっきも申しましたとおり、うちの女将はまだ湘蓮さんを売る気はありません。女将さんにその気がない以上、話は決まりませんよ。そんな話を、老爺はいつ、お聞きになりました？　女将さんからでしょうか？」

これも湘蓮から聞いただけだ。

証人もいないし、もちろん、女将から聞いたおぼえも、女将に話を通したこともない。したがって、手付けも打っていない。

つまりこれは、妓女との間だけの口約束なのだ。

「とにかく、湘蓮さんのお手紙はお届けいたしましたよ。いつでもまた、おいでくださいと、湘蓮さんからの伝言でございます」

男は、言うことだけを言い置いて、帰っていってしまった。

「……だまされた。あの玉面狐め。だまされた」

うめくようにつぶやいて、机につっぷした馮だったが、実は湘蓮の目的が何だったのかはまだ、よくわかっていなかったのだった。

「妓女は人をだますのが商売ですもの」

湘蓮は、にこりと笑って月琴を膝にかかえあげた。

「顔を塗り、姿をつくり、媚びを売るのが仕事です。それが本心かどうか、いちいち疑ってかかる殿方は、野暮というものでしょう。妓楼に遊びに来るのは、気持ちよくだまされるためじゃないんですか」

「そりゃあ、そうだけれどねえ」

楚蓮がかたわらで、ため息をついた。もっとも、顔は半分あきれ、半分は安堵に笑っている。けっきょく馮は、怒鳴りこんでくることも、報復してくることもなかったのだ。

「すこし、馮老爺が気の毒なような気がしてきてね」

「あたしを信じてくださったんですから、それは申しわけないって思ってますわよ。でも、あたしも感謝されてもいいとは思いません？　あのまま売り渋っていたら、馮家はいずれ、暴徒に打ち壊されていましたよ」

実は、そんな噂を前から耳にしていたのだと、湘蓮はうちあけた。

「もちろん、本気ではなくて、ちょっとした愚痴か嘆息のようなものだったけど。でも、ひとりふたりと嘆きだすと、そのうち、それじゃあ、ほんとにやるかと言いだす人が、かならず出るものでしょう。どうせ売るものだったら、そろそろ潮時だったはずですよ」

自信をもっていう湘蓮に、楚蓮は苦笑をかえすばかりだ。楚蓮も同じような噂を聞いていたのだが、同感こそすれ、湘蓮のような心配の仕方はしなかったからだ。

「まあ、とにかく、双双がおとなしくなってくれただけでも、ひと安心だよ」

「あたしが仕掛けたってことは、双双姐さんには内緒でしょうね」

「だれが言うもんか。ひとことだってもらしてたら、ああもうまく馮老爺の気を焦《じ》らしちゃくれなかっただろうし、今ごろは、自分が米を安くしてやったんだって大威張りして、おまえのはかりごとをむちゃくちゃにしてくれてただろうからね。まったく、おまえは人を使うのがうまいよ」

湘蓮は、月琴をかるくかき鳴らしながら、うっすらと笑った。

「だけど——惜しい気もするね。皆を救ったのはおまえなのにさ。それが、だれも知らないままで終わるんだから」

「あたしは妓女だもの」

また、二音三音。

「みなを救ったの女俠《じょきょう》だのといわれるよりは、城内一の妓女と呼ばれる方がいいわ。どうせ——」

そこでふっと、表情で笑って、

「どうせなら、あたしにたぶらかされた人たちが、いつかあの湘蓮に馴染《なじ》んだんだと自慢してくれるようになりたいわ。それが妓女冥利《みょうり》というものですもの」

「ねえ、あの天津の大少爺《だいしょうや》……」

馮の気をひくために使った客は、実は楚蓮の客でもなければ、もちろん落籍の話なども出なかった。たまたま地元の取引先に連れられて来ただけの話で、遠来の客というのが都合がよかったので仕掛けに使ったのだ。二度目に姿を見せたのも、忘れ物をとりに来ただけだ。その忘れ物というのも、実は湘蓮がこっそり隠しておいて、あらかじめ聞きだしておいた客の宿へ知らせてやったもの。

ただ、これも偶然だが、双双が嫉妬したほど若く、容姿もまずまず、実家も天津で手広く商売をやっているそうで、落籍が実現していればまさしく玉《たま》の輿《こし》だったのだ。馮をだます道具には使ったが、本人は馮のいきさつも、利用されたことすら知ってはいない。それを惜しいと、楚蓮は思ったのだが、

「ええ？」

言われて見上げた湘蓮の目を見て、

「あのお客……また来てくれるといいね」

あの客にほんとうに落籍されるのだとしたら、どうするつもりだったと訊こうとして、楚蓮は質問を変えてしまった。それを察したのだろうか。

「もう、来ませんよ、きっと」

湘蓮はうっすら、くちもとだけで笑った。

「どうしてわかるの？」

「たとえいらしても、あたしはもう、会わないと思いますもの。会っても、仕方がないでしょう？」

「そんなものかねえ」

「そんなものですよ」

月琴を抱えなおして、湘蓮は応えた。

「楚蓮、湘蓮、そろそろ支度をはじめておくれ」

部屋の外から、女将の声がかかる。

「米が安くなって、ほかの値段も下がった。余裕ができて、旦那がたも遊ぶ気になったらしいね。今夜はうちで宴会をすると、知らせがはいって来たんだよ。せいぜいきれいにして、おもてなししておくれ」

「はい」

と、まず湘蓮が立ち上がる。

「今夜もせいぜい、人をたぶらかしてさしあげましょうよ。どうせ——どうせあたしは、玉面狐だもの」

月琴を几《つくえ》の上にことりと置くと、弦がかすかに震えて鳴った。

歩歩金蓮

薄い玻璃《はり》を張った灯籠に、火がはいった。

綺羅《きら》を尽くした女の部屋で、ひとり黙然と壮年の男が待っていた。

「まだか、女将《おかみ》」

「はい、ただいま。もうすぐ、もどってまいります。今しばらくのご辛抱を」

応《こた》えたのは、小柄な老婆。すっかり年老いて腰もまがりかけているのに、どこか色香のようなものを纏《まと》いつかせているところをみると、かつてはこの女も妓女だったのだろう。

一方、男はといえば、身にまとった長衫《ちょうさん》といい頭巾といい、なかなか上等の贅沢品である。ここ開封《かいほう》の富商・趙十一郎《ちょうじゅういちろう》と名のって、莫大な礼金をはらって登楼《とうろう》してきたのだ。妓楼の女将が、目の色を変えてもてなしにかかったのも、無理はない。こんな上客は、めったにない。

一見《いちげん》の客にはきびしい一流中の一流の金線巷《きんせんこう》の妓楼・酔杏楼《すいきょうろう》の女将が、この客を妓女の部屋へすぐに通したのは異例中の異例だった。もっとも、趙生《ちょうせい》が指名してきた妓女も、なみたいていの相手ではなかったのだが。

李師師《りしし》。

開封で、今、最も艶名をうたわれる美妓《びぎ》である。当然、高官、豪商といった客の宴席へ、頻繁に呼ばれる。彼女の方も次第に驕慢になって、客を選《よ》り好《ごの》みするようになる。どんな名士でも、彼女の気に染まなければ、宴に顔も出さない。部屋に足を踏み入れるなどもってのほかで、こうなると妓楼の女将だの主人だのが口を酸《す》くして口説《くど》いても、首はけっして縦には振らない。

逆に、彼女の気にいりさえすれば、初見のその夜からでも、奥の間へさえ出入り自由となる。もっとも、そういう特別な人間は、片手の指に数えるほどだったが。

今夜の李師師が出ているのも、そういった特別な客の宴席だった。

周邦彦《しゅうほうげん》という男は、その博識を先々帝・神宗《しんそう》に認められて官界にはいったという英才だった。字《あざな》は美成《びせい》、銭塘《せんとう》の人である。ほかにも音楽を能《よ》くし、詞を作らせても一流という風流人だった。もっとも、この宣和《せんな》年間（一一一九—一一二五）の末期、すでに六十歳を越した老人である。一方、李師師は十八歳。気紛《きまぐ》れな若い妓女に、老詞人《ろうしじん》が振り回される図だが、それでもこうして宴に招けば、李師師は律義に顔を出していた。李師師がその場にいるだけで、客はよろこび、周邦彦の顔も立つわけだから、簡単なものだ。

勧められるまま、何杯も盃を重ねて李師師が酔杏楼へもどってきたのは、真夜中もかなり過ぎた頃だった。

「おかえり、いったい何をしていたんだね」

「あら、出掛けに遅くなると申しましたよ、あたしは」

「お客がお待ちなんだよ、姑娘《くーにゃん》。部屋へお通ししてあるからね」

「ちょっと、待ってくださいな」

とたんに酔いが醒めたのか、李師師の柳眉《りゅうび》がはねあがった。

「あたしに無断でお客をとったの。止めてくださいと、何度も言ってるでしょう。まして、疲れて帰ってきたこんな時に、初見のお客なんかに会いたくないわ。帰ってもらってちょうだいな」

これがふつうの妓女なら、楼主の命令には絶対服従、意向に逆らえば、下手をすれば生命に関わるほどの折檻《せっかん》をうける。だが、李師師は特別だった。

「頼むよ、ねえ」

と、老女将は頭を下げた。

「顔を見せるだけでいいんだよ。宵の口から、文句もいわずに、じっとお待ちなんだよ。それも、見たところえらくご大身《たいしん》の老爺《ろうや》がなんだよ」

「そして、たんまり懐《ふところ》に銀子《ぎんす》を放りこんでくれたんでしょ」

ひとこと嫌味を口にして、

「まあ、いいでしょう。顔を見たら、すぐに帰ってもらいましょう。あたしは、眠いんですよ」

蓮《はす》っぱに投げ出すように肯首《こうしゅ》した。面倒は、さっさと済ませてしまった方がいいと思ったらしい。

「老爺、趙大人《だいじん》、姑娘がおもどりですよ」

嬉々として先にたって御簾《みす》をめくりあげ、女将は内部《なか》に向かって誇らしげに告げた。軽くかがんで御簾をくぐり、

「李師師でございます」

あいさつしてすらりと立ったところで、彼女は驚嘆の声と視線を全身に浴びた。

「――ほう」

四十がらみと見える、品のよさそうな男だった。それが目を丸くし、まるで孩子《こども》のような無邪気な視線で、ただただ李師師の姿を見つめていた。ため息をついたまま、しばらくは声もない。

「あの――趙老爺？」

「これほど美しいとは思わなんだ。そのまま、李姑娘、そのままですこし、そこに立っていてくれぬか」

と言うや、男は筆を手にとった。卓の上にちらばる紙の一葉《いちよう》をとるや、さらさらと筆を

走らせはじめる。

「老爺、何をなさっておいでですの」

「うむ、姑娘の今のその姿を、留めておきたいのだ」

どうやら、絵を走り描きしているらしい。

「老爺は絵師でいらっしゃいますの」

「絵師？　いやいや、なりたかったのだが、なれなんだ」

どうやら、一段落ついたのをみはからって、李師師はそっと近付いてみた。男の肩越しに紙葉《しよう》をのぞきこんで、思わずあっというところだった。

「これが、あたしですの？」

白い紙の上に、線描きされていたのは、たおやかな美女。雲のようにゆいあげた鬢《びん》はかすかに傾き、金釵銀簪《きんさいぎんしん》がこぼれ落ちそうだ。細面《ほそおもて》の顔にふっくらとしたくちびる、杏型の眼が眠そうな表情まで捉らえている。なだらかな肩から腰への微妙な曲線は、床を掃く長裙《ちょうくん》からわずかに小さな金蓮《きんれん》がのぞいているところまで一気に続いていた。

美女が微醺《びくん》をふくみ、倦《う》み疲《つか》れて憂いに沈む、春愁の風情である。それが、短時間に仕上げたとは思えないほど精緻《せいち》に、そしてあざやかに描いてあった。むろん、墨一色の線描きなのに、色まで見えるような錯覚にとらわれて、李師師は目をこするところだった。

「つまらぬものだが、これは姑娘に進呈しよう。気にいってもらえようか」

「ありがとう存じます。では、あたしもお返しを。お鴇母《かあ》さん、ご酒《しゅ》を——」

固唾《かたず》を呑んで成り行きをうかがっていた女将が、ひと声聞いて飛んでいったのはいうまでもない。ありがたい、李師師はこの客が気にいったのだ。

「絵師ではないとおっしゃいましたけど、どうしておなりになりませんでしたの。こんなに見事にお描きになるのに」

彼女を待っている間の暇つぶしに描いていたのだろう、卓上には、花鳥草木を描き散らした紙片が散乱していた。

「兄が急死して、家業を継がねばならなくなってな」

「お家《うち》は、なにをなさってますの」

何気なしの質問に返ってきた答えに、李師師は絶句した。

「代々、東京《とうけい》で天子をしておる」

「天子……さま?」

この男、正気かと李師師もとっさに考えた。だが、そういえば、宋の皇帝の家は趙姓で、今の天子さまは先々代の十一番目の皇子、先代の哲宗《てっそう》に嗣子《しし》がなく、弟が立てられたと聞いている。もちろん、李師師が生まれる前のことだが、そのあたりの事情は、周邦彦のように宮中に出入りする客たちがよく口にしているのだ。彼らがいうには、

「今上《きんじょう》は、琴棋書画《きんきしょが》にかけては玄人《くろうと》はだしだが、政《まつりごと》となるとまったくの素人だ。本来

なら御位を継ぐはずでなかった方だから、致し方ないのかもしれないが――」

曰く、人が善《よ》く追従《ついしょう》に弱い。風流を好むこと、人後に落ちない。時々、開封の街中を微行《しの》び歩《ある》いているらしい、等々。

それらすべてが、いちいち符合する。

では、この男が本当に、この国の皇帝陛下なのか。とんでもない客が、来てしまった。

さすがにあっけにとられた李師師にむかって、

「これは、私と姑娘だけの秘密だぞ。私はここでは、ただの趙十一郎だ」

人の気も知らず、趙老爺は口をふさぐ仕草をして、にこりと笑って見せたのだった。

宋の八代目の皇帝は、名を趙佶《ちょうきつ》という。死後におくられた廟号《びょうごう》は、徽宗《きそう》。六代目・神宗の第十一皇子で、兄・哲宗のあとを継いで即位した。

神宗に皇子は多く、登極《とうきょく》の望みはなかったし、彼自身、そんな野心はかけらもなかった。皇子、皇弟の身分でいれば、堅い学問をしなくてもすむし、政事にわずらわされずにすむ。一日、画布に向かっていても、誰にも文句は言われない。むろん、皇族である以上、どんな贅沢でも思いのままだ――。

宋は、軍事的には建国時から、北の遼《りょう》や西の西夏《せいか》に圧倒され続けていたが、経済的にそれを補ってあまりある力をもっていた。毎年、莫大な金銭《かね》を遼に支払っても、それで購《あがな》った平和は、茶や絹、錦、工芸品といった奢侈品《しゃしひん》を生み出していた。それを遼に売れば、支払った金銭ぐらいすぐに取り返しがつく。実際、宋は遼に対しては、輸出超過を続けていたのだ。北から女真族《じょしん》の金《きん》が台頭して、契丹《きったん》族の遼が滅んでも、同じことだった。

その、繁栄の絶頂期の宋で、もっとも富裕な家の子に徽宗は生まれついたのだ。これで浪子《あそびにん》になるなというほうが無理な話だ。

そして、風流が身にしみついた頃になって、急に皇位を継ぐことになったのは、徽宗本人にとっても、宋人にとっても幸福なことではなかった。

彼自身、けっして悪人ではない。むしろ、善人といってよい。人を疑うということを知らず、人の意見にはよく耳を傾けた。ただし、それが安易な方向へ流れる傾向をもっていたのも事実だった。結果、蔡京《さいけい》、童貫《どうかん》といった小人に高位を与えて政事をまかせ、自分は好きな画業や吟行にと、遊び暮らしていたのだった。

「——では、本物の皇上なのですね、美成さま」

「まちがいない。この達筆には、見覚えがある。号もまさしく、皇上の御名だ」

誰にも言うなとはいわれたが、そういうわけにもいかず、李師師はやってきた周邦彦に絵を見せて相談したのだ。

神宗の時代から朝廷に仕え、現在の皇帝の顔も文字も知っている周邦彦だ。彼の肯首は、確信のようなものがあった。

「なんと――まったく、困ったお方だ」

と、白髪頭を抱えたのは、周邦彦のほうだ。

「ろくに護駕《ごが》も連れずに、街中を微行《びこう》なさるとは。玉体《ぎょくたい》に万が一のことがあったら、どうなさるのじゃ。いや、だいたい、どうしてこんな――」

「民間の卑しい売笑《ばいしょう》婦《ふ》風情のところへ、おでましになられたか、ですか?」

はた、と声につまった周邦彦に、嫌味にならないぎりぎりの皮肉を言ってのけて、李師師は声を出さずに笑った。

「あたしも、それが不思議なんですのよ。だって、天子さまとなったら、後宮に三千人とはいかなくても、綺麗なお妃さまが何人もおいででしょうに」

実際、今上は皇子三十一人、皇女三十四人の子福者《こぶくしゃ》である。子を生《な》さなかった女も計算に入れれば、その妾妃の数は相当なものにのぼるはずだ。

「なにも、危ない思いをして、こんな女の顔をご覧になることもないでしょうに」

「いや、そうとも言えぬぞ」

周邦彦は、走り描きの李師師の姿絵を見ながら、低くうなった。

「ああいうお方だからの。はじめはただの好奇心か気紛れを起こされたのであろうよ。なにしろ、孩子《こども》のようなお方じゃ。だが、この絵を見るかぎり、相当そなたをお気に召したようす。これはひょっとしたら、またおでましになるかも――」

「あら、ほんとですか。そうなったら、うれしい」

「これ、師師。そんなことをいって、再度お見えになったらどうするつもりだ」

李師師の双眸《そうぼう》が、きらきらと輝いたのを見て、周邦彦はあわてた。

「どうするって、決まってるじゃありませんか。あたしは妓女《おんな》で、先《さき》さまはお客ですよ」

「その客を、簡単に袖にするくせに。師師、気を悪くせんでくれ。だが、正直にいうと、これおそれおおくも皇上が、このような俗なところへお微行《しのび》になるのは、尋常ではない。これが青史《せいし》に残る名君でも困ることなのに、画だの道教だのにうつつをぬかし、道君皇帝などと自称される方では、この国の行く末も思いやられる。そなた、もしも皇上がまたおいでになったら、諫《いさ》めるか、愛想づかしをして、二度とおいでにならぬようにしてくれぬか」

「いや、です」

周邦彦の誠心からの頼みは、李師師のつんとした微笑に一蹴された。

「師師、そなた」

「お国の行く末が、あたしに何の関係がありますの。あたしは妓女で、気にいったお客が来れば、もてなしてさしあげるのが仕事。諫言《かんげん》だのお国の心配などは、あなた方、廷臣方《ていしんがた》のお仕事でしょう。ご自分のお仕事をなさらず、あたしに押しつけるなんて、お門違いもいいところ」

「しかし、な、師師」

「それとも、老爺、嫉《や》いてくださいますの？　あたしが新しいお客に夢中になって、老爺をおろそかにするとでも。それとも、天子さまの位に目が眩むとでも？」

「いや、そこまでは」

実は、腹の底の片隅で、敵手が現れるのを歓迎していなかった周邦彦は、一瞬、ぎくりと白髯《はくぜん》をふるわせたが、

「心配はご無用ですわ。あたしは、妓女だけれど、いったんお客になった方を振るなんて、そんなに不実ではないつもり」

紅いくちびるでにこりと笑われ、肩に白い手がかかると、周邦彦は抵抗できない。李師師がするりと老人の膝に腰をおろして、胸にすがりつくと、もう先ほどの苦言も、雲のように消し飛んでいる。だいたい、おのれがこうして若い妓女と遊んでいるのだ。他人に遊ぶなといえる義理ではない。

もつれるように、奥部屋に入ると、すっかり支度のととのった床が待っていた。

「ただね」

周邦彦に抱かれながら、李師師がぽつりとつぶやいた。

「お気の毒なお方だと、あたしは思うんですの。天子さまになったばかりに、不幸な方なんて」

――というわけで、日を置かず、再びやってきた今上は、李師師の歓待を受けることに

なった。

「姑娘は、歌が得意か、踊りの上手か」

「琴が好きでございますけど」

と、部屋の片隅を目線で示す。

壁に寄せた紫檀《したん》の琴机《きんき》の上に、使いこんだ琴が自然に置きはなされている。

「舞踊も得意にしておりますわ」

淑《しと》やかに酒器を捧《ささ》げ持ちながら答える李師師に、ほうと今上は目を見張った。

卓の上には、山海の珍味がとりよせられ、並べられている。

宮中の贅沢に慣れた男が、手を打たんばかりによろこんだのは、気取った禁城の中では
めったにお目にかかれない熱い羹《あつもの》だの、臓物料理だの新鮮な蟹や魚といった、いわゆる
下酒《さかな》が供されたからだ。

むろん、それらを李師師が手ずから食べさせてくれたのも、魅力のひとつだったにちが
いない。

李師師の注いだ酒を口にしながら、

「その金蓮で、踊れるか」

男はあらためて訊《き》いた。

李師師の足は、三寸（約十センチ）しかない。纏足《てんそく》である。

女の足を幼い時から加工し、異常に小さな足を作る纏足の風習は、五代から北宋にかけてはじまった。起源は諸説あるが、南唐（九三七―九七五）の後主《こうしゅ》が妾妃にさせたという逸話がある。一方、「金蓮」という呼称は、さらにさかのぼって南北朝時代（四三九―五八九）の斉の皇帝が愛妾《あいしょう》の歩むさまを、

「歩々《ほほ》金蓮を生ず」

と、詠《うた》ったことに因っている。実際に黄金で蓮の花弁をこしらえ、その上を歩かせたともいう。それが纏足の異称となったのは、蓮華の花弁の形と大きさが、足と合致したところからの連想、転用だろう。

ふつう、纏足を施すと歩行が困難になる。その不安定な歩き方が魅力とされたのだが、そうなるためには骨まで変形するほどきつく縛りあげなければならない。下手をすると、過程で壊死を起こしかねない。不自然に小さくなった足は、体重を支えきれず、極端に歩かない脚は肉が落ちて退化し、さらに動けなくなる。女でも、働かねば食べていけない庶民ができることではない。

纏足ができるのは、この時代、よほどの上流の婦人か李師師のような妓女だけだった。その纏足をしていながら、李師師は舞踊が得意だという。

「妓女ですもの。それに、稽古次第でなんとでもなるものですのよ」

「どれ、その舞踊の得意な足というのを見せてくれ」

男の手が、つい、と妓女の緑色の裙《くん》に伸びた。からかうような微笑を浮かべながら、軽く裾をまくるや、ほっそりとした足首をつかんで引き寄せる。

婦人の足を弄《もてあそ》ぶのは床戯の部類で、尋常以上の関係でなければ、すさまじい非礼となる。それは、色を売るのが商売の妓女についても同様で、特に李師師のような一流の妓女であれば、一度や二度逢っただけの男に、そこまでの無礼を許す義理はない。だが、李師師は軽くにらみつけはしたが、逆に紅い繻子《しゅす》の纏足靴を男の膝に預けて、挑発するように動かしさえしてみせた。

男の仕草はいかにも瀟洒《しょうしゃ》で、しかも孩子《こども》のような無邪気な顔つきをしていたのだ。

「ほう、見事な金蓮だ。この足で踊るのか」

「まあ、およしなさいまし」

撫でさすりはじめた男の手をふりきるように、足を引きもどすと、李師師は立ち上がってくるりと身を翻《ひるがえ》してみせた。

ひらりと、燕が身を翻すようなあざやかさだった。それに、興《こう》を起こしたのだろう。

「私が琴を弾いてやるほどに、舞ってみよ」

「あら、光栄でございます」

気軽に応じて、軽々と舞いはじめた。

適度に丁重でありながら、また適度に自然体の李師師に、皇帝の暮らしを堅苦しいと感じていた男が、魅了されるまでに時間などかからない。

さすがに連日とはいかないまでも、足繁く通うようになる。流連《いつづけ》も、めずらしい事態ではなくなる。あおりをくらったのは、周邦彦をはじめとする馴染《なじ》み客たちだ。

正体は他の客には隠し通しているものの、さすがに相席というわけにはいかない。今上が来る夜は、他の客はすべて断ることになる。臨駕《りんが》が多くなればなるほど、彼らが閉めだされる夜は多くなる道理だ。誰がもらしたわけでもないが、そうなると特別な客の正体も人の口の端《は》にのぼりはじめた。

「これでは、皇上への批判の声もそなたの悪評も高くなるばかりだ。お断りできないまでも、いますこし、控えてくださるよう、お願いできぬものか」

事情をもっともよく知っている周邦彦が、断られるのは覚悟の上で、ふたたび李師師に訴えた。

「そなただとて、帝をたぶらかしたてまつっているなどという悪口は、聞きたくはなかろう。それとも、傾国《けいこく》の悪女の列に入りたいというのではなかろうな」

なじられても、

「それは、殿方のお考えでございましょ」

李師師は顔色も変えない。

「悪女と申されますけれど、国を傾けるほどの女とは、妓女にとっては悪名でもなんでもございませんもの。それで名前が残るなら、かえって本望というものですわ」

美貌の女のこの台詞《せりふ》には、説得力がありすぎた。周邦彦はあわてて、軽い咳ばらいをして、

「そ、それに、そなた、自分が不実ではないと言ったが、現に儂《わし》らをすべて断り、皇上だけを特別扱いではないか」

と、これは嫉妬がらみの苦情だ。

語るに落ちたこの発言に、李師師はかるく微笑《わら》って、

「誤解しないでくださいまし、あたしは、あの方が天子さまだからお逢いしてるんじゃありません。好きだから、ですのよ。あの方、画だけでなくて、詞も琴も、お話もお上手で楽しいんですもの。こうして、老爺にお逢いしてるのと同じことです。でも、それがお気に染まなければ、いつでも捨ててくださってよろしいのよ」

と、言われれば、立場が弱いのは周邦彦のほうだ。

「何を言うか。こうして、皇上の絶対にお見えにならぬ時を見計らって、来てやっているのだぞ。そなたを捨てるぐらいなら、わざわざこんな気は使わぬわい」

「そういえば、今日は娘々《にゃんにゃん》(皇后)のご誕辰《たんしん》でしたわね」

「そうじゃ。さすがの皇上でも、正后陛下《せいごうへいか》の大切な日に、外出はなさるまいと思うてな」

と、言い終わらぬうちに、部屋の戸口にかかる御簾《みす》の外で咳ばらいが聞こえて、

「姑娘、趙老爺がお見えだけど、どうしよう」

女将のあわてふためいた声がした。

一瞬、李師師と周邦彦の視線が交錯する。

「どうしよう」

うろたえたのは、周邦彦のほうだ。

「儂は、帰る――」

「だめですわ」

立ち上がった袖を捉えて、李師師がささやく。

「今、出ていかれたら、皇上とはち合わせになりますわ」

「といって、どうしたら……」

「日が日です。早目にお帰り願いますから、しばらくの間、辛抱なさってくださいな。こちらへ」

男の手を取ると、奥部屋へ導いた。錦と羅《うすもの》の帳《とばり》で囲まれた牀《ねだい》の下に、人ひとり入るほどの間隙がある。そこへ入っていろというのだと、すぐにわかった。

狭い上に埃《ほこり》だらけの床を見て、ためらったものの、他に選択の余地はない。情けない思いをしながら、周邦彦がもぐりこんだところで、

「姑娘」

もう、扉のあたりに今上の声が響いた。

「姑娘、どこだ。急にそなたに逢いたくなったのだ。顔を見せてくれぬか」

足音とともに、奥部屋の戸口から声が飛びこんで来た時には、周邦彦の全身から冷たい汗が噴き出していた。

「――どうなさいましたの?」

牀の上から、女が返事したのを見て、男はほっと小さくため息をつき、それから心配そうに、

「いかがした。気分でも悪いか」

「いいえ。でも、今夜は早く休もうと思っていましたもので」

ゆっくりと、眠たげに半身を起こした李師師の隣に、男は慣れた仕草で腰をおろした。

「それは、悪いことをした。だが、どうしてもそなたの顔が見たくなっての」

「ご酒《しゅ》を召し上がってますのね。お珍しいこと」

「今日は、宮中で行事があったのでな」

「たしか、娘々のお誕生日でいらっしゃいましたわね」

「そうじゃ」

「では、今日一日は娘々のお側においでにならなくては」

「譲り合いか。見上げた心がけだが、妓女のそなたが心にもないことを言うのではない」

言葉とは裏腹にしなだれかかってくる李師師を、今上は含み笑いしながら引き寄せる。

「どうせ、来ぬと思うていたから、早目に寝《やす》んでいたのだろう」

「ま、そんな」

図星をつかれても、李師師はすこしもたじろがず、軽くいなしてしまった。

「せっかくお運びいただいたのです。ご酒でも、支度させましょう」

周邦彦の狭い視界に、ひらりと小さな足が降ってきた。当然というべきか、男の足はさっきから見えている。

妓女の小さな足は、ゆらゆらと不安定そうに遠ざかっていく。すぐに戻ってきたのは、酒器の支度が隣室にすでに整っていたからだ。むろん、周邦彦のために用意されていたものだ。さすがに盃ぐらいは別のものを出してきたのだろうが、早過ぎると疑われはしないかと、彼はひやりとした。

さいわい、目前の李師師の姿態に目がくらんだか、今上は何も気づいた気配はない。

刺繍をほどこした小さな紅い繻子の靴が、手を伸ばせば届くところで止まった。

小卓に乗せたか牀に直接置いたか、

「さ、どうぞ一献《いっこん》」

酒を注ぐ音が聞こえた。

「でも、お飲みになったら、すぐにお帰りくださいましね」

「そう、追い立ててくれるな。いつもの姑娘らしくないぞ。何か隠してでもおるのではないか」

「まあ、お疑いでございますか。それなら、どうぞ家探《やさが》しでもなんでも、なさってくださいまし。でも、そうなったら二度とお会いできなくなりますわ」

突然、女の声が涙ぐんだのには、周邦彦もおどろいた。むろん、牀上の男もだ。

「なにをいう、姑娘、急にそんなことを」

「だって、そうでございましょう。疑われては、あたしの立つ瀬がございません。卑しい妓女でも、誇りや真心はございますのよ」

もうひとりの男をその下に隠しながら、動揺も感じさせずに、しらりとそう言ってのける李師師に、周邦彦は舌を巻いた。

妓女のことばと本心が裏腹なのは、ひらひらと気紛れな蝴蝶《こちょう》のような、双つの金蓮が象徴していた。まるで、牀下《しょうか》の周邦彦をからかうように、紅い繻子の靴はひっきりなしに動いていたのだ。

「悪かった、いや、これは悪かった。機嫌をなおしてくれ。さ、そなたも一献」

さしつさされつが何度かくりかえされ、他愛もない痴話が交わされた。男はともかく、他に聞く者があると承知している妓女のことばの、艶《なま》めかしさには呆れるばかりだ。

やがて、

「では、戻るとしようか」

男の声がした時には、周邦彦は思わず快哉《かいさい》を叫びだしそうになった。狭い場所で、無理な姿勢をとっているのだ。六十を越した周邦彦には、そろそろ体力の限界だった。あやういところで自分の口を押さえ、息を押し殺しながらそっと吐く。手足の位置を注意深く変えながら、とにかく早く立ち去ってくれないものかと、ひたすら願っていた。

そんな周邦彦の気持ちを察しているはずなのに——いや、察しているからこそ、だったのだろうか。

「あら——」

と、妓女の声と同時に、ことりと床に物が落ちた。彼女の髪に挿《さ》してあった金釵《きんさい》である。おそらく、牀上《しょうじょう》の男の胸に身を寄せた時に、髪が崩れていたのだろう。かっと血が頭に上り、次の瞬間、それが氷のように冷えていくのを周邦彦は感じた。

「あら、趙老爺。申しわけありませんけれど、拾ってくださいません？」

李師師が、平然と言ってのけたのだ。

身をかがめれば、牀下が見える可能性もある。別の男を隠していたとなれば、これは普通の場合でもただではすまない。まして、相手はこの国で逆らえる者のない皇帝で、しかもつい先ほど、大見得を切ったばかりなのだ。逆鱗《げきりん》に触れるのは確実、下手をすれば不敬《ふけい》罪で処罰されても文句はいえない。

そもそも、人もあろうに天子に向かって、身を屈して物を拾えと頼むこと自体、とんでもないことなのだ。

だが、頼まれた本人は、

「おお、よいぞ」

うれしそうな声で快諾した。誰からも頭を下げられ、人に命じればなんでも可能になる存在は、どうやら、人のために身体を動かすことが新鮮に思えるのかもしれない。

文字通り、息を殺す周邦彦のひしゃげた四角い視界に、男の手先が降りてきた。全身の血が逆流したのは、よく知った顔が半分ほど、その視界の中にはいってきた時だ。

周邦彦のいる場所は暗く、あちらは明るい。見つかる可能性はその分、半減していたが、それでも周邦彦は身を堅く縮めた。男の顔が上がり、妓女の繻子の靴とからむように部屋を出ていくまで——いや、その後も、彼は身動きひとつできず、息もできず、石のようになっていたのだった。

「もう、よろしいですわよ」

と、李師師が軽い、玉をころがすような声で告げた時には、限界を越えていた。

「どうなさいましたの。さ、お早く」

手をさしのべられて、やっとのことで這《は》い出《だ》した自分の無様さを、顧みる余裕もなかった。

「生きた心地もなかったぞ。そなた、わざと釵《かんざし》を落としたな」

「あら、そんな。でも、おもしろかったでしょう」

「莫迦《ばか》を申せ。寿命が縮んだ」

「あたしもですわ。老爺とあたしは、一蓮托生。本望でしょうに」

李師師はくちびるの端を持ち上げて、ひどく悪戯《いたずら》っぽい笑顔を作ってみせた。

「よろしいではありませんの。こうして、老爺はご無事だったのですし」

「こんなことは、二度と御免こうむる」

「望んだところで、めったにあるものではありませんわ。お口なおしに、何かお召し上がりになります？　それとも、一曲なにか？」

「師師よ、そなた――」

さきほどの緊張感など、すっかり忘れ果てたような妓女の微笑に、周邦彦は絶句するしかなかった。

さて、その夜はほうほうの体《てい》で逃げ帰った周邦彦なのだが、何を思ったか、その夜の事件を詞に作ってしまった。

詞とは、曲に乗せて歌うための歌詞であり、曲調の名が題名となる。『少年遊《しょうねんゆう》』と名付けられた詞は、微妙に伏《ふ》されてはいたが、当事者が読めば事態がわかるようになっている。艶詞《えんし》の類である。たしかに、周邦彦は文学の才能はあり詞の名手ではあるが、仮にも官途《かんと》に就いている、しかも分別もある老人が作って人目にさらすものではない。李師師の大胆さに、あおられたのかもしれない。

いったん人の口にのぼったものは、広まるのが早い。しかも、今上は詩や詞にも通じた一流の文人である。

「さては――」

と、気がついた。

「姑娘、いや、李師師」

さすがに、血相が変わっていた。

「あの『少年遊』の詞は、どういうことだ」

李師師も、当然、周邦彦の詞は耳にしている。せっかく上手く隠しおおせたのに、なんというまずいことをしたと、苦々しく思っていたところではあるが、今上が現れた時には、とっくの昔に腹をくくっていた。

「どういうことといいましても――お理解《わか》りになったから、おいでになられたのでございましょう?」

「そなた、何を申しているか、自分でわかっているのか。間男《まおとこ》を作って、私の顔に泥を塗ったと自白しておるのだぞ」

「そのとおりでございますわ」

「この私を、朕《ちん》を、天子である朕に恥をかかせて、ただですむと思うのか。周美成は左遷、そなたは下獄を覚悟せよ」

「これは、異なことをうかがいます」

今上が居丈高になったとたん、李師師もきっと居なおった。

「なんの権限で、そんな無体をおおせになりますの。あたしは、天子さまなんてご大層な方を、客にしたつもりはございません。こんな下賤なところに、天子さまがお運びになる道理がないではありませんか」

「なんと――」

反論されて、今上はことばに詰まった。説得されたわけではない、反駁《はんばく》されるという事態に、まず面くらったのだ。

「老爺――趙老爺。まず、お掛けになってくださいまし」

と、李師師は落ち着きはらって繡墩《しゅうとん》（こしかけ）を勧めた。

「ふん、だまされぬぞ」

いいながらも、今上の怒りはすこしは収まったようだ。

「趙老爺、あたしは老爺のことを、敢えて陛下とも万歳爺《ばんざいや》ともお呼びしないでまいりました」

「ふむ」

それで、と、先をうながす視線を受けて、

「老爺が、宮中のお暮らしに飽いたか疲れたか、ともかく逃れたがっておいでだと思ったからでございます。だから、他のお客と同様にいたしました。それをお望みだと思いましたから、ひとりの殿方としてお迎えいたしました。あたしは、妓女です。金銭を出してくださる方と、寝るのが仕事です。他のお客は、それをご承知の上で、あたしに逢いにきてくださいます。あたしが他のお客を取ったからといって、責める方はございませんし、それを間男とは申しません。老爺だけですわ、妓女がひとりの方に操《みさお》を立てないといって怒られるのは」

「――」

男は、一言もない。

不服でふくれあがりそうになってはいるが、妓女の主張もまた、正しいことを悟ったのだ。

「それがご不満ならば、いつでもお捨てくださればよろしいのです。ここへおいでになる必要はないのですわ」

「――私が、悪かった」

ふくらんでいた空気が、急速にしぼんでいくのがわかった。

「美成さまのことは、お詫《わ》びいたしますわ」

李師師も、素直にあやまった。

人に頭を下げたこともない、至尊の位にある者が、ひとこと謝罪するためにどれだけの葛藤が必要だったか、彼女には推察できたのだ。

「おふた方が同時にいらしたのは偶然です。美成さまがあんな詞を作られるとは、思ってもみませんでしたけれど、でも、あの方もたいへんな思いをなさいましたのよ。ご高齢に免じて、赦《ゆる》してくださいまし」

「——よかろう、姑娘の頼みだ。ただし、私の方にも、頼みがある」

「なんでございましょう」

「そなたを落籍《らくせき》したい。銀五千両では不足だろうか」

つまり、李師師を独占したいのだ。

「値としては、十分すぎます。でも、ご辞退申しあげます」

「なぜだ——！」

拒絶にあったことのない皇帝は、たちまち声を荒らげて仁王立ちになる。それを恐れ気もなく、冷ややかな目で見上げながら、

「おそれながら、老爺は宮中のお暮らしがお嫌いだからこそ、ここへおいでになっていらっしゃるのではございませんの。息抜きに、おいでになっていると思うからこそ、心をこめておもてなし申しあげているのですわ。そのお嫌いな宮中に、鳥籠に入れるみたいにあ

たしを押しこめてどうなさいますの」

「しかし――」

「それに、あたしがここからいなくなったら、だれが老爺をお慰めしますの。だれか、別の妓女をお捜しになりますの?」

「いや、そんなことは」

「お心変わりを責めるつもりはございませんのよ。でも、それならあたしを古道具みたいに始末される必要はないでしょう。金線巷には妓女はあたしひとりではありませんし、お客を奪《と》った奪られたは日常茶飯。それでいちいち恨んでいたら、身が持ちません」

「私はただ、そなたが愛しいだけなのだ」

「存じております。でも、どれほどご寵愛いただいたとしても、宮中では、あたしは大勢の皇妃がたの末座に就かねばなりません。でも、ここではあたしは、だれに膝を屈する必要もありませんのよ」

はっきりと言う李師師に、ついに男は絶句した。

「――そなたは、誇り高いのだな」

「妓女風情に、誇りなどはございません」

それもきっぱりと言い切って、女はにこりと笑った。

「ただ、女はだれでも、殿方にとって一番の女でいたいだけですわ。たとえ賤《いや》しい妓女でも」

「それを、誇りというのだ」

「ただ、わがままなだけですわ」

李師師はめずらしく、嘆息とともにつぶやいた。

「ですから、わがままを申します。こうしてお運びになったからには、今宵はお帰しいたしません。よろしゅうございますわね」

白い両腕を男にさしのべて、李師師は婉然《えんぜん》と微笑んだのだった。


まもなく、男の来訪はふっつりと途絶えた。お互い、愛想づかしをしたわけではない。男が退位して、太上皇《たいじょうこう》となったため、自由に出歩けなくなったのだ。

宋の違約に怒り心頭に発した金が、国境を越えて攻めこんできたのは、宣和七年（一一二五）。都・開封を包囲され、城下の盟を迫られた責任をとる形で、長子に位を譲った皇帝に、気ままが許されるはずがない。しかもその翌年、靖康《せいこう》元年（一一二六）には、宋はまた違約を犯す。金は、ふたたび開封を包囲した。

宋はここで、いったん滅びる。

皇帝以下の皇族や廷臣の主だった者たち、学者や著名な詞人、下は焼き栗売りのような庶民まで、北にはない技術や才能を持った者たちは、金軍の手で根こそぎ捜しだされ、数ヶ月の拘留の後、北へ連行されることとなった。

女子供はもちろんのこと、至尊《しそん》の皇帝、太上皇であろうと、乗り物は与えられなかった。五国城《ごこくじょう》は、北方の金の、さらに最北端に位置している。そこまでの、永遠にも思える距離を、しかも身を切る寒さの中を、しかし太上皇は泣きながら歩いていった。

ようやく、彼は知ったのだ。

画業と音曲と道教とに夢中になっている間に、政事を預けた者が何をしていたかも、造園も好んだ彼のために、国中から集まってきた美木、奇岩の類が、実は強奪同然の手段で運ばれてきたことも。

いや、うすうすは知っていたが、痛痒《つうよう》を感じなかったのだ。世の中とはそういうものだ、皇帝とはそういうものだと思っていたし、それを訂正してくれる者はだれもなかったからだ。

皇帝は特別な人間だと、何事も許される存在だと、周囲の者も本人も思いこみ、疑いもしなかった。全員が、幻術でなければ詐欺にかかっていたようなものだ。

ただの、ひとりの男として扱ってみせたのは、ただひとり。

(——李師師は、どうしたか)

疲れきった頭の片隅で、朦朧《もうろう》と考える時もあったが、すぐに遠い記憶の中に溶けていってしまった。

考えるだけ、無駄というものだ。

彼の訪れが絶えた頃、李師師は金線巷から姿を消したという噂があった。

彼が原因というわけではない。妓女の絶頂は短いのだ。早い者は十代の前半で妓楼に出て、二十歳を過ぎれば若い者にとって代わられる。名妓とうたわれた者でも、三十歳に近くなれば容色が衰えるのはどうしようもない。それは、音楽や詩文を評価された者でも同じこと。

まして、美貌を一番の売り物にしていた李師師が、時機を悟って身を退いたとしても不思議はない。自分を身請けするぐらいの金銭は、あの調子だ、十分に稼いでいたはずだし、聡《さと》い女だったから身の処し方にまちがいはないだろう。ちなみに、周邦彦は宣和の末年に、六十六歳で没している。

妓女の多くは、引退すれば妓楼の女将になることが多いのだが、その話も聞かなかったから、開封のどこかに、ひっそりと身を沈めていたはずだ。金軍の捜索の手を、うまく逃れていればいいが、李師師の名は、金人の間にも聞こえていたという。捜し出されて、北への列の中に入れられても不思議はない。

(――いや、だとしたら、こんな行列の中にいるはずがない。見つかっていれば、十中八九、金将のだれかの元に納められているにちがいない)

だが、その方が李師師のためには幸せだ。あの華奢な金蓮では、この道程を歩くことは難しかろう。

歩き悩んで、置き捨てにされる者を、道中で多く見てきた。食べ物は極限まで少なく、十分な休息をとることも許されず、薄い衣服は寒さを防ぐことはできず、体力のない女子供から次々に斃《たお》れていく。たとえ歩きぬいて目的地に着いても、そこで生命が保証されるわけではない。

（金人でもよい。金の都へ連れ去られるとしても、私たちの行くところよりはましであろうから）

ため息のように、思った。

「陛下。水をお召し上がりになりませんか」

一日歩きづめに歩き、日が暮れてようやく休息を許されて、崩れ落ちるようにひとり離れて木の根元に座りこんだ男に、ひっそりと足音と声が近づいた。

「わしはすでに天子ではないし、金人の手前もある。そなたのためじゃ、ことばづかいには、気をつけたほうがよい」

顔もあげずに、つぶやくように応えた声に、

「このような時にまで、お優しいのですね」

女の声だと気づくまでに、しばらくかかった。それも、旧知の者のような口ぶりだ。

「だれじゃ」

と、誰何《すいか》した視線の先には、見知らぬ女の顔があった。

「そなた、誰じゃ」

農民風の女だった。

年齢は二十歳過ぎぐらいだろうが、顔は日焼けし髪はほつれ、まとった衣服も長い道中で垢《あか》じみていた。水を入れた粗末な椀を包んで、男の前へ差し出された両手の指も、泥に汚れ節が高くなっていた。

「おわかりになりませんの、趙老爺」

その風体に似合わない、艶のある声だ。かすかに怨《えん》じてみせる気配といい、ただの農民とは思えない。これではまるで、都の妓女ではないか――。

「そなた……」

声がかすれた。

「そなた、李師師か」

そういえば、泥に汚れてはいても、細面の顔立ちはかくしようもない。なにより切れ長な目がそのままだ。

「なんて方。すっかりお忘れになってらしたのですね」

「いったい、どうして。そなたも、捕らえられたのか。それで、歩かされてきたのか――その足で、どうやって」

汚れた灰色の木綿の裙の裾からは、ぶかっこうな布靴がのぞいていた。それをひと目見て、男は得心した。

「解《と》いたのか」

纏足は、布をほどくとある程度、復元可能なのだ。ただし、変形しきった骨が完全に正常な形になることはないし、足が伸びる時の痛みは、纏足を施す時以上だともいわれている。不自由なことには変わりない足で、ここまで李師師は歩いてきたのだ。

「あたしは捕らえられたんじゃありません。陛下のお供をするために、自分からまいりました」

「なぜだ」

茫然とした顔で、男が訊きかえしたのも無理はない。

この妓女は、五千両の銀での落籍を一蹴したのだ。彼が宋で最高の位にあった時にはなびかず、生命以外のすべてを失い、惨めな姿になった時に現れるとは、

「信じられぬ」

「どうしてですの」

「どうしてといって——そなた」

「老爺はもう、天子さまではないとおっしゃいましたでしょう。だから、あたしはまいりましたの。老爺は何もかも無くしてしまわれましたでしょう。画も琴も、お庭も御殿も国

も、なぐさめになる物はすべて」

大勢の皇妃たちだけは、この北行にも伴われているが、彼女らはすでに男のために仕える存在ではない。この男が守り、かばってやらなければならない弱者たちだ。負担にこそなれ、なぐさめにはならない。

「だから、あたしひとりぐらい、お側にいてもよいと思いましたの」

女はそう言って、両手で男のひびだらけになった手を包んだ。

「ついてまいりますわ」

「勝手を申すな。何も、わざわざ苦労をすることはない。今からでも遅くない。ここから帰るか、それとも金人に名のり出れば、李師師と聞けば悪いようにはするまいから――」

口早に言いかける男を目線で制して、

「この足で、ですか」

唇《くち》で笑うと、

「申しましたでしょう。あたしは、わがままですと。もう、戻れません。あたしはあたしの好きなようにいたします」

男の膝に、そっと身体をあずけて、

「よろしいですわね」

女はそっとささやいて、目を閉じたのだった。

断腸

花街は女の世界と思われがちだが、意外に男の生きる場もあるものだ。妓楼の主にはじまり、用心棒や下働き、音曲《おんぎょく》の演奏をする者、講談などで座興を添える幇間《ほうかん》等々。

張魁《ちょうかい》は字《あざな》を修我《しゅうが》といって、南京《ナンキン》の旧院で暮らす男のひとりだった。簫《しょう》や琴を能《よ》くする上、座のとりもちも巧い。きれい好きで頼まれもしないのに妓楼の部屋の掃除もさっさとするし、花や調度のかざりつけをやらせてもそつがない。下女や小者たちにも偉ぶったところを見せず、妓女《おんな》たちからも好かれていた。

だが、張魁自身はいつも身のうちに不平不満を抱えていた。

「どうだ」

と、差しだされた盃に、

「呑めませんよ」

張魁の膝の上には瑟《しつ》（小型の琴）が載っていた。その瑟を弾きながら、しかし張魁は上体を男の方へ傾けた。

その唇《くち》もとへ盃が付けられる。彼はひと口、黄酒《おうしゅ》を呑みくだすと手を止めることなく瑟を弾き続けた。

さっきまでは妓女たちが居並び煌々といくつもの燭台がともされていた部屋は、今は大部分が暗闇に沈み、女たちも姿を消し、榻《とう》に張魁とあとひとりの姿があるのみだ。

「美味いか。そなたのために取り寄せた酒だ」

相手の言葉に、

「まずまずですね」

張魁は冷笑で応えた。

「口に合わぬというか」

「まあ、呑めないことはないでしょう。お気持ちはありがたくいただいておきますよ、徐《じょ》公子《こうし》」

軽くいなされてむっとした相手は何かを言おうとして、ぐっとそれをいったん飲みこんだ上で、

「……桃葉渡《とうようと》に家を買ったそうだな」

遠慮がちに話題を変えた。

桃葉渡といえば、この南京でももっとも風雅な地域である。

「桃葉」とは、東晋の書聖・王羲之《おうぎし》の子、王献之《おうけんし》の愛妾《あいしょう》の名だ。その土地に桃葉という

女がいたかどうか、真偽のほどは別にして、風光明媚で人気の高い場所であるのは事実であるし、そこに一軒、それなりの家を構えるにはやはりそれなりの財力が必要なことはだれにでもわかる。徐公子と呼ばれた壮年の人物の声に、驚きととまどいの色が含まれていたのは仕方のないことだろう。

張魁はといえば相手の意図を読んだかどうか、鼻先で軽く嗤《わら》うと、

「はい。蘇州から本式に越してまいりましたよ。よろしければ、いつでも遊びにおいでください。歓待いたしますよ」

何故か口調に挑戦的なものが混じっていた。その言葉をぶつけられた相手はといえば、

「いや、それは……」

と、躊躇《ためら》いを見せた。

それを見て張魁はそれみたことかと、今度はあからさまに鼻を鳴らした。

わずかに灯された燭台のあかりがその横顔を照らし出す。傲慢無礼な態度にもかかわらず、そうやって嘲笑った張魁の横顔ははっと息を呑むほど整っていた。

白皙《はくせき》の額というが、女の柔らかな美しさとはまた異なる硬質な顔の輪郭や、媚《こ》びることのない仕草が妖気とも瘴気《しょうき》ともなんとも言い難い空気を醸し出す。その空気にあてられたように、

「いや、その、行ってやりたいのはやまやまだが……。儂《わし》のところへ来てくれた方が、何

かと都合が」

と、男はいいわけがましく言葉を紡ぎはじめた。

「官衙《やくしょ》にですか？」

「なんとか、来てもらえないものだろうか」

「いやですよ」

きっぱりとした拒絶が、薄闇を切り裂いた。

「伺うのは絶対、嫌ですよ。ええ、二度とそちらへは行きませんから、そのおつもりで」

「……その、おまえ、いろいろとこっちにも事情が」

「いろいろと、なんでしょう？」

「いや、……」

「卑しい家に出入りしていると、官衙の者に陰口をたたかれるのが怖いんでしょう？　この妓楼なら誰と逢っているかなどといちいち詮索はされないけれど、他処《よそ》でだとすぐにばれてしまう。だから私の家になど、足踏みはできないと」

「そんなことは……」

「わかっておりますよ、公子は私を莫迦《ばか》にするおつもりは微塵もおありにならない。でもね、先日、公子にお招きいただいてお住まいの官衙まで伺った時、門番どもが私に向かってなんと言ったか、ご存知ではないとは言わせませんよ」

「その……」

　言葉を濁す男にむかって、

「卑しい芸人が、いや男妾《だんしょう》風情が官衙の門をくぐるとは僭越至極、汚らしい、おまえの家門が絶……」

「悪かった」

　男はあわててさえぎった。

「ほんとうに悪かった。これ、このとおり謝る。だが、門番程度の卑しい者が何を言おうとほうっておけば……」

「その、門番風情に、莫迦にされたんじゃないですか、私は」

「だから、連中はその場で殴りつけておいたし、きれいさっぱり、みんなそろって馘首《くび》にしたではないか。おまえにしたって、それからひと月も我が家に滞在したではないか」

「帰してくださらなかったんじゃないですか。私は何度も帰ると申しあげましたよ。そのたびに、あれやこれやと理屈をつけて、あげくに部屋に外から錠までかけて帰してくださらなかったのはどこのどなたで……」

「これ、このとおり」

　徐公子は軽く伏し拝むしぐさをしてみせた。

「私の立場もわかってくれぬか。おまえのことを日も夜もなく思っているのだ。こうして会いに来たのだし、赦しておくれ」

言いながら、片腕が張魁の肩に触れた。と、思うまもなく、張魁の薄い肩はその腕の中にすっぽりとつつまれる。邪魔だという風に肩を少し振ったものの、男の腕を振り切るほどには強くはない。

ただ、琵の音が乱れた。

「赦さない、と言ったらどうします？」

と言った言葉に、意図したかどうか、媚態《びたい》がわずかに混じった。

「こうするまでよ」

男は張魁の細い右手首をつかんで、琵からひきはがした。

同時に、指がひっかかったか鈍い音がして琵の弦が一本、ふっつりと切れてはじけ飛んだ。

「あ……」

膝からすべり落ちる琵を押さえようとして、注意がそれる。そこを男が見逃すはずがない。

琵をうまく片手で押さえてやりながらも、もう片腕で張魁の上体を押さえこむ。琵はたいして大きなものではないから、膝から床へと脚にそってそっと滑りおろすのはさほど難しいことではない。楽器を奪われた張魁の両手はといえば、わずかに抵抗のかたちは見せたものの、すぐに男の服にしがみついた。

「よろしいんですか？」

「何が？」

張魁の問いかけに、真実、不思議そうな応えがかえった。張魁はそっと嘆息して、

「いえ、なんでも」

応えると、腕の力を抜いて男のなすがままに任せた。

正直、不満というほどのものはない。

断袖《だんしゅう》の間柄の男がいるからといって、決して色を売っているわけではない。女に不自由しているわけでもない。

また、妓女や男妾たちとちがって借金やらなにやらで縛られているわけでもない。現に家を一軒、ぽんと買えるぐらいで金銭にも不自由はしていない。あくまで、張魁は楽人《がくにん》としての芸を売っているのだし、色恋沙汰に慣れた旧院の人々は張魁の嗜好はさておいて彼の芸を認め、それに対してたっぷりと金銭を払ってくれる。

若く美しく才能があり、経済的にも問題がない。ここでこうやって気ままに生きていくために、障害になるようなことは何ひとつないように思える。

（それでも）

張魁は、自分の胸の中にいつも鬱屈があることを自覚していた。何をやっていても、ど

れほど莫迦騒ぎをしている時でも、なにか氷でできた針が一本、心の臓にかすかに刺さっているような気がしてならなかった。

「……何を考えている？」

徐公子の腕の中で、張魁は小さくかぶりを振る。

「何も」

「本当に？」

「ほんとうに、何も考えておりませんよ」


それは突然の災難だった。

発端は、ほんの針先ほどの肌の異常だった。頰の一点になにかぽつんと白いものが現れたのだ。最初は癬《せん》（はたけ）の一種かと思った。妓女たちの頰が冬になるとよく乾燥でがさがさになっている、それと同じ手合いだと思ったものでやはり妓女たちが使っている硝《くすり》を、懇意にしている顧媚《こび》という妓女から譲ってもらってはたいていた。

だが、白いものはどんどんと広がっていく。

ただ広がるだけではなく、点々と顔のあちこちに飛んで斑点となった。

顔かたち自体が崩れたわけではない。だが、その斑点が奇妙な陰翳《いんえい》を作りだし、ゆがんで見える。皮膚の一部がほろほろはがれ落ちて、さらに汚らしく見えるようになる。鏡を見るたび、張魁は己の顔にぞっと戦慄を覚えるのを止めることができなかった。

もちろん、こうなれば人には会えない。徐公子の呼び出しにも応じなかった。というより、拒絶する気力すら失ってしまったのだ。徐公子がひどく怒っているという噂が耳に届いたが、気にはならなかった。

「いったい、どうしたものでしょうね」

張魁の吹く簫の音を贔屓にしている顧媚は、己の住む眉楼《びろう》に彼を呼びよせて嘆息した。最初に硝を頒《わ》けてくれたこの美女にだけは、張魁は頭が上がらなかったのだ。

「太医《いしゃ》には診せましたの？」

「……皮膚の病ということですが、これといって薬がないとのことで」

薄い紗《しゃ》で顔の大半を覆って、さらに張魁はうつむいていた。

「うちに出入りするお客さまの中には、そういうことに詳しい方もおります。その方たちにご助力を頼んでみましょうか？　ひょっとしたら、まだ知られていない良薬があるかもしれません」

「でも、それでは眉生《びせい》（顧媚の字《あざな》）さんにご迷惑がかかりませんか」

「迷惑なんぞかかりませんよ」

「でも、それで眉生さんに恩を着せるような輩が現れたらどうなさる。それでなくとも、あわよくば貴女を手に入れるため弱みを握ろうと、誣告《ぶこく》する者までいますのに」

「まあ、修我どのは妾《わたし》の心配をなさってくださいますの？」

ほ、ほ、と艶やかに笑って、顧媚は張魁の心配を一蹴した。

「ご心配なく。妾には妬む客もおりますが、また守ってくださる方々も大勢います。安心して任せてくださってよろしいのよ」

「このとおりです」

張魁は軽く拝む仕草をしてみせた。

「ほんとうにご迷惑にならないのなら、どうぞお願いいたします。でも、なにか障りがありましたら、私のことなどほうっておいてくださいまし」

顧媚は張魁よりずっと年下のはずだったが、ふたりの会話はまるで姉弟のようだった。

「修我どのには平生からこの眉楼の飾りつけやらなにやらで、お世話になっているのですもの。それに妾は、修我どのの簫をまた宴で聞きたいのですよ。ほんとうに好きなのに、ここのところ宴席にはとんと出てきてくださらぬのですもの」

簫の音はどちらかというと低くこもったもので、細い横笛のような甘く鋭い音はでにくい。張魁はその簫をあやつり、深く優しく、時には怨《えん》じるような曲を奏でることができた。その点では当代一の名手のひとりといっていい。しかし、

「この顔で、大勢の人前に出よとおっしゃいますかね」

張魁は、多少わざとらしく紗をかきよせた。

「そんな無体は申しませんよ。ただ、衝立をたてるか帳《とばり》を引くかすれば……」

「こそこそ、隠れてまで簫を吹こうとは思いませんよ。どうせ、誰が吹いているかわかる耳を持つ者などおらぬでしょう。それなら、誰が吹いても同じこと、無理して私が吹く必要などない道理」

「ほんに、困ったお人だこと」

つんと横を向いてしまった張魁を、ほんとうに弟を見るような眼で見て顧媚はまたかろやかな声をあげて笑った。

軽くあしらいはしたものの、顧媚は馴染み客の誰彼に声をかけ、手を尽くして薬を求めた。当代一の妓女の頼みとなれば、よし、それならばと意気ごむ者は大勢いる。薬や処方が集まるのにそれほど時間はかからなかった。それを受け取って試すため、自然、張魁の出入りも多くなる。

それがまずかった。

その日も、張魁は眉楼を訪ねていた。新たに届けられた薬の受け取りのためと、前の処方の報告のためだ。

「少しは良くなりましたかえ？」

「多少は、ましになりましたような。まあ、なんとかこれ以上広がることだけは免《まぬが》れておりますが、完治はなかなか……」

「そう……。どれも駄目ですか」

「ただひとつだけ。今まであれこれ試してみましたが、あの芙蓉露《ふようろ》とかなんとか申すものだけは、なかなか効きそうに思います」

「効いたのですか」

と、顧媚が身を乗り出す。

「はい。ただし……」

「……あまりにも高価、と？」

「さすがの私でも、あれを常用するとなると、身代《しんだい》を傾ける覚悟が必要です」

「かといって、この先、あれ以上のものが手に入るかどうか、わからないのでしょう？」

顧媚がたたみかけた時だった。

「あの……よろしいでしょうか」

部屋の戸口から、顧媚付きの侍女がおそるおそるのぞきこんでいた。

「何ごとです？」

「こんなものがご門前に貼られておりまして」

はいってきて、一枚の紙を差し出す。そこに書かれた十数文字を見たとたん、顧媚の顔色がさっと変わった。

「こんなものを、わざわざここに持ってくるなんてどういうつもりです！」

「何ごとです？」

張魁の位置からでは、文字は数個しか見えなかった。ただ、その中に、張という文字と花面《かめん》という語があったのを見逃さなかった。

「いいえ、なんでも」

「見せてください」

「修我どのには関係のないこと」

「いいから」

すばやく奪いとると、侍女をもおしのけて部屋の外へ走り出した。纏足《てんそく》を施している顧媚の足では、敏捷に追っては来れない。それでも、懸命にものにすがりながら部屋の外へ出てきたことに張魁は驚いたが、すでにその前に文面は読み終えていた。読む前から推察はついていた。

「花面」とは、芝居の役柄で敵役のことだ。あくどい嫌われ役で、役柄によって様々ではあるが、複雑な模様を顔に描くことになっている。それが、張魁の顔の斑点を皮肉っていることは明白だった。

その上で、

『花面の張魁めは、眉楼に出入りを禁ずる』

それが貼り紙の文面の大意だった。

「無礼な……」

貼り紙が無惨な紙片になるまでに、そう時間はかからなかった。

「……誰の筆跡か、調べればわかります。すぐに調べて、その方《かた》の方をこそ、ここへの出入り禁止にいたします。妾《わたし》をさしおいて、なんということを」

ようやく追いついた顧媚が、きっぱりと言った。

「……いえ。いいえ、眉生さん、それは必要ありません」

何か、深く深く考えこんでいた張魁が、やがてゆっくりと顔をあげてつぶやいた。

「修我どの？」

「かまいません。今のところとりあえず、誰の仕業かだけを調べていただければ、それで十分」

「でも」

「よろしいのです、お願いします」

顧媚の美しい眉がしかめられる。

「きっと、嫉妬をかったのです。眉生さんのお客は千金を積んでもお目にかかれぬこともあるのに、卑しい楽人の、花面風情が金銭も払わず、毎日のようにここに出入りして身内のように貴女と逢い、言葉をかわし……。いえ、ああいう連中には言葉で何度、説明したところで無駄ですよ。よほど痛い目にあわないかぎり」

「修我どの」

「しばらくは伺いません。そう、この顔が元どおり、きれいさっぱり治るまでは」

「治ったら、来てくださいますの？」

「はい、必ず。その時までに、その筆跡の主を調べ上げておいてくだされればありがたい」

「おやすい御用ですわ」

「では、これで」

と、まなじりをあげて、張魁は辞去した。

さて、それから数ヶ月ほど経っただろうか。

眉楼での宴席への招待が、発せられた。いずれもこの南京の旧院で名の知られた人々にあてて、

『一席設けたく、是非、ご光臨を乞う』

と、顧媚の直筆で書かれていれば、欠席するという者は皆無である。

香を薫《た》きこめ羅《うすもの》や紗、錦、金銀玉で飾りたてた部屋に、贅を尽くした膳と酒。もともと、眉楼で出す料理は旧院随一との評判だったが、この日の膳は特に念のはいったものだった。名高い文士や官僚、豪商、その相手として妓女たちも招かれて華を添え、音曲が絶え間なく奏される。

宴は盛況だったが、いつまでも続くわけではない。早々に酔いつぶれて別室に運ばれる

者もいれば、馴染みの妓女と姿を消す者もいる。最後に顧媚と、彼女と仲のよい妓女たち数人と、さらに同数の男たちが部屋に残った。

「いやいや、眉生どの、いい宴でありましたな。さすがは眉楼《メイロウ》、いや迷楼《メイロウ》の宴席。末代まで語りつがれることでしょう」

男の中のひとりが、ろれつの回らない口でそう言った。

「楽しかった、今日は楽しかったですぞ」

「そうですか、それはようございました」

宴席の主役だったにもかかわらず、酔いの気配を微塵も感じさせず顧媚は冷静に応えた。

「儂が、眉生どのに逢うためにどれだけ苦労したか、どれほど逢いたかったか。いや、儂だけではない、ここにいる者どもはみながみな、そなたに恋い焦がれておったのだ。それを……、それを……、ああ、笛の音がうるさいな」

最後の方は、うまく言葉が出てこなかったのか、ずっと止むことなく続いていた音曲に文句をつけた。実際、衝立の向こうから流れてくる笛の曲調が早く激しくなっていた。笛の音自体、細く高いふつうの笛の音ではなく、低めの簫の音だった。宴もほぼ終わりかけたこの場にはあまりふさわしいとはいえない曲であり、音だった。

「いったい、いったい誰だ、儂らの話の邪魔をするのは。うるさくてかなわん」

ふらふらと立ち上がる男を、妓女のうちのひとりが押し止める。その手をふりきり、男は衝立に手をかけ腕の長さいっぱいを使って薙《な》ぎ払った。その向こう側にいたのは、ただひとり。

「ごきげんよう」

簫の音が止んだ。美しく着飾った人物がそこにいた。男ではあったが、たしかに彼は美しかった。

「おまえは」

「いかがですか、花面をごらんになったご感想は？」

そう言う張魁の顔はもと通り、なめらかな光沢を取り戻していた。それどころか、以前よりもきめ細やかになり、色もこころなしか白くなっているようだった。

「まあ……」

と、妓女たちがあげた声は、あきらかに感嘆を含んでいた。

「な、なんのことだ、花面とは」

「わかっておりますよ。眉生さんに逢いたいなら逢いたい、私が目障りなら目障りと素直に直接おっしゃればいいものを、野暮なことをなさるからいけない」

「なんのことかわからん。儂が貼り紙を書いたというなら、その証拠を出せ」

「語るに落ちておいでですよ」

言い訳に、張魁の冷笑が返った。

「お前さま方がなさったことは、この旧院の者たちに広めます」

と、顧媚が言葉をはさんだ。居並んだ妓女たちが、それに応じてうなずく。

「修我さんは殿方ではありますが、旧院に生きる者のひとり。それを小莫迦になさったということは、旧院の妓女たちを見下したも同義……とまでは申しませんが、思いやりのない殿方を歓待する妓楼はないことを覚悟なさってくださいまし」

きっぱりと言い切った女の前で、男たちは色を失い、こそこそと逃げていった。

「では、あたしたちもこれで」

と、妓女たちも笑いさざめきながら下がっていったあと、顧媚と張魁だけが広い部屋にぽつりと残された。

「……、これでよろしかったのですか？」

「ありがとうございました、眉生さん」

「あなたの言うとおりに事を運びましたけれど、逆恨みされることも覚悟の上でございましょうね」

「もちろんです」

「……私はもう、これ以上、かばってさしあげることはできませんよ」

「わかっておりますよ。芝麓《しろく》さまに落籍《ひか》されることが決まった、これがその別れの宴でしたんでしょう？　おめでとうございます」

龔鼎孶《きょうていじ》、字を芝麓という男が、顧媚のもっとも馴染みの客だった。顧媚よりはかなり年上だが、才能も財力も男ぶりもと三拍子そろった客で、顧媚も以前から憎からず思っていたことは張魁も知っている。

もちろん、龔鼎孶にはすでに正妻も子供も、側室も何人もいる。ただ、聞いたかぎりでは正室の童《どう》氏は鷹揚な性格で、何人もいる側室との間はしごく良好だという。顧媚はもちろん側室なのだが、奴婢《ぬひ》と同様の妾《めかけ》とはちがって、格としては第二夫人の扱いで嫁ぐのだという。妓女としては破格の出世といってよいだろう。

「どうか、お幸せに」

「ありがとうございます。ただ、修我どののこの先が心配で……。徐公子をも怒らせてしまったと伺いましたし、この金陵で後ろ盾をなくしたら苦労するのは目に見えていますし」

「眉生さん」

「宅が申しておりますの。この先、天下がどう動くかわからない。金陵がこの国の第二の京師《みやこ》であるからには、何かあった時にはその動乱に十中八、九、巻きこまれるのは必定、と。ですから、妾《わたし》の落籍の話を急いだのですわ。修我どのも、この先、ここに長らく留まられることはお勧めできません」

「……わかりました」

顧媚の言葉を聞いてしばらく考えこんでいた張魁だったが、やがてしずかに口にした。

「故郷に帰ります」

「蘇州でいらしたわね？」

「はい、いざとなったら身を潜める場所の心当たりもあります。しばらくは身を慎んでおりましょう」

「よかった」

心からほっとしたように顧媚は微笑した。

「ほんとうによかった。どうぞ、どうぞまた逢える時までご壮健で」

「眉生さんも」

それが、ふたりが顔を合わせた最後だった。


世の中は、顧媚が告げたとおりになった。

明という王朝が倒れ、北から侵入してきた満州族が天下をとった。南京はもともと、副都としての機能をもっており、形だけではあっても朝廷の機構やその役職に就く者、それに明の皇族の一部が長らく住んでいた。ために、当然のように満州族の清に抵抗する人々の拠点となった。

江南の城市《まち》の中には徹底的にあらがったあげく、敗れて略奪と虐殺のかぎりを尽くされたところもあったが、幸い、南京はすんでのところで開城したために大きな被害は受けずにすんだ。とはいえ、多くの者が命や財産を失った。張魁の愛人だった徐公子も財産をほとんど失った。当然、旧院も火が消えたような寂しさとなった。

そんな話を、張魁は故郷の蘇州で聞いた。

蘇州はさほど大きな街ではないが、それなりに花街もあり、張魁のような者が生きる場もあった。

それなりの生き方をする気さえあれば、静かな暮らしも送れただろう。だが……。

「出しゃばるんじゃあ、ないよ」

宴の末席で、やんわりと、だが有無をいわさぬ声が聞こえた。妓女たちの嬌声がすぐにかき消したが、客のひとりの耳にはしっかりと届いたようだった。

「この妓楼の世話は私がやってるんだよ。南京じゃあんたの天下だったか知らないけどね、同じようにここは私のものなのさ。あんたの出る幕じゃないってことは覚えときなよ」

若い男の声だった。

応える声は、もう少し年配だろうか。声は低いものの、言葉の中身は決して落ち着いてはいない。

「自分のものが聞いてあきれるね。笛にしろ琴にしろ、他のことにしろ、ろくな腕も持ってないくせに」

「ここのお客は私の方がお好みなんだよ。あんたのように古くさくて気取ったのは趣味じゃないってことさ。眉楼だか迷楼だか知らないけど、そんなものなくなって何年も経つんだよ。そんなに昔のことが自慢かい。だから、昔のように男と寝て後ろ盾についてもらってるってわけかい」

「大きなお世話だ。虎の威を借りるために寝たことは一度もないよ。おまえさんこそ……」

口論の現場にそっと近づいて聞き耳をたてていた客が、ここでたまりかねたように声をかけた。

「修我、張修我ではないか、桃葉渡に住んでいた……」

年長の男が振りかえった。そのととのった顔だちが、不審から疑惑に、そして歓喜と懐かしさに変わっていった。

「……これは、芝麓さま……芝麓さまでございますか？」

「お互い、姿形が変わったな。そうだ、龔芝麓だ。そなた、張修我でまちがいないな」

無理もない。

清の天下になってまもなく、男はすべからく満州族の風俗である弁髪にするべしという命令が下ったのだ。髪を伸ばすことまでは同じでも、束ねて髷《まげ》にし冠や頭巾をかぶっていたものが、前頭部の髪を剃り落とし背中に長く編みおろすという型を強制された。これに逆らう者は死罪という厳しさだった。

　当然のことながら、衣服も漢民族のものから満州族の筒袖で裾の両脇に切り込みのあるものに変わる。旧知の者でも、その変わりようには驚くにちがいない。お互いさまではあるが、この時のふたりもそこからしばらく言葉が続かなかった。

　その間に、若い方はちっと小さく舌打ちをしてそそくさと姿を消した。微服とはいえ貫禄のある男の姿に、これはひとかどの地位を持つ人間だと勘づいたのだろう。

「お久しぶりで」

「そなたも、よく無事でいたな」

「おかげさまで。それにしても、芝麓さまがこちらにお住まいでしたとは今の今まで存じませんでした」

「いや、役目で立ち寄っただけだ。これから粤《えつ》（広東）へ赴く」

「……眉生さんは、ご健勝でいらっしゃいますか」

　張魁の声には少しためらいがあったが、

「元気でいる。なかなか子が生まれぬことだけを気に病んではいるが、何不自由なく暮らしている」

「芝麓さまもご出世のご様子。祝着《しゅうちゃく》至極《しごく》にございます」

「いや、なに……。二朝の臣となってしまったよ」

一瞬、つらそうに龔鼎孳は告げた。

王朝の交代期にままあることだ。前朝に仕えていた者の身のふりかたは、厳しい批判にさらされる。儒教の精神に添えば、二君に仕えるなどとはもってのほか。殉死はしないまでも、新しい権力者に媚びを売るなど許し難い行為だ。まして、明の天下を引き継いだのは外夷だ。漢民族が異民族の下位に置かれるとは何事だと、要請があったにも拘わらず拒み続けた者、逃げ回った者、自害した者までいる。その中で敢えて新朝に仕え高位に就く者には内心、忸怩《じくじ》たる思いがあったのだろう。

「先帝に殉じようと思ったこともあるにはあるが、眉生が泣いて止めるものでな。拒みきれずに、とうとうこのありさまだ。いや、これはいいわけだな。そなたこそ、なかなか苦労しておるようではないか」

「まあ、世の中思うようにいかぬのはお互いさまでございますよ」

「言ってくれるな。そういう皮肉っぽいところは昔のままだ」

龔鼎孳は苦笑した。

「……なあ、ここが暮らしにくいならば、いっそ京師へ来ぬか」

席を改め、旧知の仲のふたりだけでささやかな酒宴を設けた。身分がちがいすぎる、南京ですらこんなことはなかったと張魁は恐縮したのだが、時代がかわったのだからと説き伏せられたのだ。

昔の旧院時代の思い出話など、あれやこれやととりとめもなく話しているうちに、龔鼎孳がもちかけた。

「北京ですか」

「うむ。あれも……眉生もおまえの簫を懐かしがっている」

「北京では、私の簫はうけますまい。この蘇州ですら、理解できぬ者ばかり。北へ行ったところでなにがどうなるというものではありますまいし、いまさら、下げたくもない頭を下げるのもまっぴらですよ」

「しかしなあ……」

なおもくいさがる龔鼎孳に、張魁は冷笑まじりに言い放った。

「そもそも、北の食べ物も水も私の口には合いません。お茶を飲むなら恵泉《けいせん》（無錫《むしゃく》にある名泉）の水、食べるなら江南の最上級の米。それが北で手にはいりますか。へたなものを食べるぐらいなら、飢え死にした方がましというものですよ」

「それはそうだ」

張魁の物言いは無礼きわまりなかったが、昔の彼を知っている龔鼎孳はすんなりと納得した。

北京に米がないわけではないが、麺や包子《ぱおず》といった小麦の方が主食だし、肉も羊が好まれる。味付けもかなり違うため、江南から移った龔鼎孳たちも当初とまどった。水の事情も質もあまりよくない。恵泉なみの甜《あま》い水など、のぞむべくもない。

「眉……奥方さまには、よしなにお伝えください。ですが、私はこの江南に留まります よ」

「眉生になんと言えばよいものやら。そなたに逢ったといったら、なんで連れ戻ってくれなかったかと怨じられるのは目に見えている」

本気で頭をかかえる龔鼎孶だったが、やがて酔いつぶれ従者に抱えられて宿へと戻っていった。

翌日、仕事をかかえる龔鼎孶はあわただしく出立していったが、何ヶ月も経って逢ったことすら忘れたころに使者がやって来た。

「これで」

と、書簡とともに一枚の紙がさしだされた。高額の手形である。これをしかるべきところへ持っていけば、額面の量の銀を渡してくれる仕組みだ。

「これを元手に、何か商売でもはじめてはどうだろうか、とのことです」

「いや、芝麓さまのお心づかいはありがたいが……」

使者は龔鼎孶の家の者だった。だが、彼は首を横に振って、

「これは旦那さまからのものではありません。奥方さまからの文です」

「眉生さんからの？」

「金子《きんす》も奥方さまのお手元金です。もちろん、旦那さまもご承知の上のことですので、ご安心ください」

「しかし……」

「詳しくは書簡に書いてあるそうです。どうぞ、お受け取りを」

と、無理矢理に置いて、使者はさっさと帰っていってしまった。

詳しくといったところで、特にあれこれと指図がましいことは書いてなかった。ただ、張魁の安否をたずね、行く末を案じ、遊芸の世界よりもっと手堅い生活をしてくれるように、ということだった。

あたりまえといえばあたりまえの、だが姉が弟に向けたような切々とした文面を、張魁は何度も何度も読み返した。何日も家を閉ざして考えこんでいたが、やがてふっつりと蘇州から姿を消した。

蘇州の花街の者たちが張魁の不在にようやく気がついた頃に、またふらりと姿を現した時には、彼は茶商人となっていた。

茶を商うのはむずかしい。贅沢品だから、誰でも買えるというわけではないし、茶を楽しむ余裕のある者たちは茶道楽に走って味にうるさい。仕入れて売りさばくには、それなりに茶の良し悪しを判断できる舌が必要だから、そう簡単に商売になるものではない。それを張魁は扱いはじめたのだった。

もともと贅沢なものを食べつけ、呑みつけてきているから味の判別は確かだ。龔鼎孳に「恵泉の水でなければ」と豪語したのも、あながち嘘ではなかった。彼の扱う品物は確かだと評判がたつまでに、それほど時間はかからなかった。自然、金まわりもよくなってくる。裕福になればその分、身の回りのものや食べ物飲み物のあれこれに気を使い、良いものを手にいれるようになる。そうなると、人目をひいてしまうのも仕方のないなりゆきだった。

「金を貸せだって？　冗談だろう」

若い楽人が借金を申しこんできた時、張魁はにべもなく断った。張魁が蘇州にもどってきた時に、さんざんからみ莫迦にし仕事の邪魔をした連中が手のひらをかえしてきたのだから、嫌味のひとつもいいたくなる気持ちもわからないでもない。だが、

「私はね、いくら金があっても足りないんだ。いい暮らしが身についてしまってるんでね。ちまちま貯めるなんて吝嗇《けち》な真似は、したくてもしようがない。もっとも、万金を貯めこんでいたとしても、おまえさん方に貸す金は一文もないがね」

わざわざ人の神経を逆撫でするようなことを言って、追い返してしまった。

誰が頼みに行っても、見かねた親しい妓女たちがとりなしても態度は同じだった。実際、高価なものを買い求めつづけていたから手元に金がないのは確かだった。

「儲けた金は全部、自分のために使い切ってみせますよ。他人のことなんかどうなろうと、

知ったこっちゃない」

当然、評判は地に落ちた。

だれもが冷たい目を向ける中、張魁がつぶやくことばを聞いた者はだれひとりいなかった。

「だれも……だれも、私をみつけてくれぬ」

だが、張魁は平然とそれまでの態度をつらぬき、何事もなかったように商売を続けた。不思議なことに、それなりに商売もなんとか続いていったのである。

「南京へ行ってみるか……」

ふとそんな気を起こしたのは、商売をはじめて数年経った頃だった。ふと気がつくと、美貌を誇った張魁の容姿も衰えを隠せず、髪にも白いものが混じりはじめていた。

近距離で水運も発達しているとはいえ、蘇州から南京までの旅はそれなりに費用もかかる。体力も気力も必要だ。

それでも、張魁は腰を上げた。

旧懐《きゅうかい》の情には勝てなかったのかもしれない。蘇州にあの張修我がいるという噂がひそかに流れ、時折、昔の旧院時代の顔なじみがひょっこりと尋ねてきてくれることがあったのだ。一晩、飲み明かし語り明かすことも往々にしてあった。

それが、張魁の心を少しずつ揺さぶったのかもしれない。

独り者の身軽さでさっさと支度をして、思い立ってから数日で南京に姿を現した。

といっても、旧知の人間はすでに多くは世を去り、生き残ってはいても南京を遠く離れている。もともと花街などというものは妓女の入れ替わりがはげしいものだから仕方がないことなのだが、

「それにしても……」

濠《ほり》のほとりに立って、張魁はさすがに途方に暮れた。かつてこの濠に沿って立ち並んでいた華やかな楼閣は、ほとんどは廃墟と化していた。水面にせり出した舞台は朽ち、なかば水に崩れ落ちているものもある。屋根がかしぎ、ぽっかり穴があいている建物もめずらしくない。こうなると、すっきり更地になっている跡地の方がまだ救われる気がした。

これでは、知り合いを探す手だてもない。とはいえ、誰彼に逢いたいと決めて来たわけではないのだが。

途方に暮れたのは、実は、自分が何をしたかったのかよくわかっていなかったことに気がついたからかもしれなかった。

日のあるうちは、廃墟と化した旧院の中を歩き回った。人がいないでもなかったが、ほとんどすべてが明が滅んだ後、住処《すみか》を無くしてここに紛れこんできた者たちだった。

気がつくと、あたりはとっぷりと暮れていた。

宿を探すことも忘れていた。

ささやかな灯がともる一角を眺めながら、橋のたもとで張魁は長く嘆息した。かつてはここから不夜城がのぞめたのだ。

「……もう、終わったのだな」

ぽつりと、言葉がころげおちた。

「私の時代ではないのだな。もう、私はこの時代の者では……」

深い深い嘆息が、またひとつ落ちた。

携えてきた小さな荷物の中に、細長い布包みがあった。簫だった。それを取り出すと張魁はしずかに口元にもっていった。

奏者は年をとっても、簫の音は艶を失ってはいなかった。低くふるえる音色が流れ出した。水面に映る不格好な六日の月をふるわせて、長く低く簫は流れていく。

自分に酔ったように吹き続けていた張魁が我にかえったのは、

「もし」

と、呼びかける細い声に気づいたからだ。こんな人気のない場所で呼ばれるとは物取りかとも一瞬疑ったが、女の声だと気づいてほっとした。その次の瞬間には、場所が場所だけに物《もの》の怪《け》の可能性もあると思い当たってぞっとした。

だが、

「もし、そこの簫を吹いておられるお方、失礼ながら……」

はっきりとした声がつづいた。どうやら、人間の声らしいと安堵した時、

「張さん、修我さんではありますまいか」

そのとおりだが……と、応えようとしてはたと息を呑む。この暗さで、灯りといえるものは川向こうのわびしい灯火ぐらい、六日の月は西の夜空に低くかかってはいるものの、張魁の周囲は闇に沈んでいる。そもそも、張魁からは目をこらしても声の主の姿形が見えないのだ。では、女からはどうして自分がわかるのだ。

「では、張修我さんですのね。わかりますとも、修我さんの簫の音です。忘れるはずもありません」

「……おまえさんは？」

「妾《わたし》は昔、旧院で働いていた小女《こおんな》です。いえ、おまえさまはご存知ありますまい。下働きの名前や顔などご存知なくてあたりまえ。実のところをいえば、妾もおまえさまのお顔もろくに見たことはございません。厨房の隅で真っ黒になって追い使われている身でございましたもの。きちんとした人さまの前に出たことはありません。ですが……」

声のする方へ、そろそろと張魁は進んでいった。家の屋根とおぼしき黒い塊がようよう見えた。ひくく傾いたその家、というより小屋の前に小さな人影がぼんやり見えた。

「でも、おまえさまの簫が好きでしたよ。どんなに遠くからでもおまえさまの簫を聞きま

ちがえたことはありませんでした。どんなに疲れていても、おまえさまの簫が聞こえるとほっといたしました。胸のこのあたりが切なくなって、でもほうっと暖かくなって疲れを忘れられました。その音色にこんなところでめぐり逢えるとは、こんな場所に帰ってきてくださるとは……おまえさま？　張修我さん？」

女の声がとまどい、うろたえた。

それにかぶさるように、奇妙な音が聞こえた。

低いしゃっくりのように耳障りな音はやがて、喉の奥からしぼり出され激しい嗚咽となった。

「修我さん……」

「おまえさん……おまえさん、私がわかるのか」

「はい？」

「私がどんな姿かたちをしていても、どんなに変わろうと」

「はい、わかりますよ」

「ああ……」

ああ、ああと嘆息とも悲鳴ともつかぬ、それこそ内臓から絞り出すような声が張魁の喉から何度も吐き出された。

張魁は地に突っ伏していた。地面をかきむしり、くりかえしくりかえし叩きながら、

「ああ、みつけた。やっと、やっと見つけた……」

悲鳴に近い声だった。はらわたが断たれたかと思うような。

「修我さん……修我さん？」

「おまえさんだけだ。私を私自身として見ていてくれたのは、おまえさんだけだったのだよ！」

それでなくとも髪型をはじめ風俗は一変し、年もとり、姿かたちだけをひと目見ただけで判別することは困難なはずだ。それでも、この薄闇の中でもただひとりの自分を見分けてくれた。そういう人がたったひとりいた。

どんな贅沢をしても金を浪費しても、どんな貴顕《きけん》の男女と関わっても埋まらなかった渇望が、長い間胸に刺さっていた氷の針の傷跡が一瞬で癒されていくのを、張魁は感じていた。

「修我さま」

女の声が至近距離から聞こえた。

手をぼんやりとした人影に伸ばすと、むこうも手探りしていた指先と触れた。骨ばってしわだらけの手だった。自分の手もまた、同様に年をとっていることを張魁は知っていた。

「逢えてよかった」

張魁は絞り出すように告げた。

「おまえさんのおかげで、私は私にようやくなれた。もっと早く、おまえさんに逢えていたら、知っていたら……」

号泣が長く長く、旧院の闇の中、水の面を伝いながらいつまでも続いていったのだった。

その後の女がどうなったかは定かではない。

張魁も蘇州に戻ってまもなく、孤独のうちに没したという。財産ももちろん使い果たしていたから、あとには何も残らなかった。無一物ではあっても張魁が胸の内にどんな宝物を抱えていたか、知る者もなかった。

名手

九江《きゅうこう》は何もない土地である。

敢《あ》えて挙げるとすれば、近くを流れる長江《ちょうこう》の下流の茫漠《せきばく》たる流れや近くの湖の水景と

いったところだが、それとて丈の高い葦《あし》が延々と続く岸を長くみていれば厭《あ》きるというものだ。

「なにか、おもしろいことはないものか」

ため息は、九江の官衙《かんが》につとめる役人の共通の嘆きだった。

もともと、南方は湿気やそれにともなう風土病が多く、古来、瘴癘《しょうれい》の地といわれ、都のある長安や北方の人々には嫌われていた。その上、唐の御代《みよ》を揺るがした大乱はすでに一世代ほど前のこととなったものの、中央の権力は地方まで及びにくく、ましてやきらびやかな都の噂や娯楽などはめったに届かない。

役人のうち、胥吏《しょり》と呼ばれる下役人は土地の出身だが、もったいをつけた役職のほとんどは都・長安の暮らしを一度でも垣間《かいま》見た者がほとんどだ。出世の途《みち》が断たれた挫折感は

まだ我慢ができても、単調で退屈な毎日をじっとやりすごすには限界がある。だから、彼らは噂に飢えていた。

ひょっこりだれかの知人が訪ねてこようものなら、官衙中の噂になり、だれもが話を聞きたがる。とはいえ、全員がその客人の宴席にかけつけるわけにもいかないから、後日、根掘り葉掘りと訊《き》きだすことになり、話したが最後、ぱっと広まることになる。その話が誇張され、妙なぐあいに変化するのも珍しいことではなかった。

「張家の若旦那が、女をひろったそうな」

という噂は、夏の終わり頃に広まったものだった。

「張家のご当主とは面識があったはず。その跡取り息子どのの噂だそうです」

と、若い胥吏《しょり》が話しかけたのは、初老の男だった。初老といっても四十をなかば過ぎたかどうかというぐらい。この年齢《とし》にしては白髪も少なく老けこんだ印象はさほどないものの、寿命が五十年そこそこの時代なら老人と呼んでもさしつかえないだろう。

「そうだったかな」

と、相手は首をかるくひねった。

「司馬《しば》左軍《さぐん》どのはあまり張家とはご親交がなかったので？」

「それどころか、張家といわれてもどこの張どのかさっぱりわからん」

男は悪びれた風もなく言って、軽く笑った。

「張家ですよ、漢陽の出の。このあたりの古くからの名家です」

と、長江上流の街の名をだしたが、司馬左軍どのと呼ばれた男の反応ははかばかしくない。

胥吏や下働きの人間を含めても、役人の数はそれほど多くない。全員の顔と名前をおぼえるのもそれほど難しいことではないのだが、

「と言われても、儂《わし》は徳業《とくぎょう》どのとちがってこの土地の出でなし、地名を言われてもさっぱり」

本気で関心がないのだろうが、徳業どのと名前を呼ばれた若者はすぐには納得しなかった。

「ご存知のはずですが。一度ぐらいは会われたことがあるはず。本家の当主が漢陽の長《ちょう》吏《り》をつとめているそうですから、かかわりのひとつやふたつ……」

それをさえぎって、男は手を軽く振り、

「なにしろ、ここでは儂は用なしの身だからな。知らなくとも、いっこうにさしつかえがない」

と言って、また笑った。

南方の湿気をふくんだ夏の日差しが傾きかけた官衙の一室である。

といっても、この部屋にはなにもない。九江郡司馬左軍といえばこの地方の副長官とい

った役職で、つまりこの初老の男はこの官衙では二番目か三番目に偉い人物ということになる。とはいうものの、それはあくまで名目上のこと。なにかこれと明確な仕事があるわけでなし、決裁やら政策立案といった権限もなし、部下もこの若い胥吏がひとりいるだけのまったくの閑職なのである。そして、そんな閑職が何故わざわざもうけられているかといえば、都から人を送りこむためのものだからだ。つまり、左遷、というわけである。

この男が、都で何をやってこの九江まで左遷されてきたのか、徳業はよく知らない。なんでも都では宮中の要職に就いていたとか、なにやら進言をしたら宰相閣下の怒りを買ったとか、やってきた当初に噂を聞いたが、ほんとうのところは知らない。徳業は、この男のたったひとりの部下になってまだ一年そこそこだからだ。ちなみに九江に左遷されてきてから、この上司がまともに仕事をしているところを見たことがない。もちろん、やるべき仕事がろくにないこともあるが、あったところで職務に精励するような真面目な人間とも思えなかった。暇にあかせて官衙の書庫にある書物をのんびり読んでいるかと思えば、いつの間にか外に出て市の隅で物売りの老女となにやら話しこんでいたりする。よくいえば気さく、悪くいえば庶民と大差ない男が左遷されるほどの切れ者だとは、徳業のような若い者には信じられなかった。

しかも、この地方に長く在っても、他の人間と違って都への返り咲きを焦る気配が少ない。少なくとも、徳業の目にはそう見えた。

ただ、戻る気はなくとも好奇心ぐらいはあるようで、

「で、その張の息子がどうされた」

話を続けるように促された。

「女をひろったとな?」

「ひろったんだそうですよ」

「ええ、すこし前から、おもしろい噂があったでしょう、川に船を出して呑んでいるとどこからともなく琵琶《びわ》の音が聞こえると」

「ああ、そういえば」

さすがに、この噂は知っていたらしい。

「鄙《ひな》にはめずらしい風流な噂だと思っていたのだが、本当に弾《ひ》いていた者がいたのかね」

「いたようですね。噂に噂の尾ひれがついて、あげくになにやら志怪めいた解釈も出回っていましたが」

「徳業どのには申し訳ないが、このあたりの花街にはそれほどの技量を持った妓女《おんな》はおらぬし、まして素人の女が名人の域に達しているとは、さらに思えなかったのだがね」

徳業に申し訳ないと前置きしたのは、彼がこの土地の出であることを考慮したのだろう。

土地の豪族のひとりである徳業は、この土地から出たことがない。ふつうなら学問をさせた子弟は科挙を受けさせ最終的には都・長安をめざすものだが、徳業は科挙に関する試

験に関わったことが一度もない。いずれ家を継ぐ予定の徳業を、遠い長安へ送り出すことを親族たちが嫌ったのだ。そのかわり、役職を金で買ってこの官衙に勤務させた。地方の政務に関わらせ、都から派遣されてくるお偉方との伝手《つて》を作っておこうという魂胆だ。

徳業もまた、出来が悪いわけでもなかったが科挙だの出世だのにはあまり興味がなかったため、これは渡りに船だった。はなやかな都を一度ぐらいは見てみたいとは思っているが、そこで暮らすよりは、生まれ育ったこの土地で穏やかに過ごしたい気持ちの方が強かった。

「それが、妓女だったのだそうですよ。この土地の者ではなく、なんでも義親とともに渡り歩いていたのだとか。一時期は都にもいたという話です。実は先日、張の息子の誕生日の宴が潯陽《じんよう》のあたりで開かれまして……」

水と葦原ばかりの九江だが、それでも景色の善し悪しはある。潯陽はふた筋の川が合流する地点で、複雑な地形が風情《ふぜい》をかもしだしていた。酒席を設けられるような酒楼もそれなりにある。

そこで親類縁者、知人友人などを招き盛大に宴会を催していたところ、どこからともなくかすかに琵琶の音がすることに出席者のひとりが気づいた。川沿いの琵琶の音の噂は張某も以前から耳にしていたから、さてはと酒楼の者に命じて音の主を手分けして捜させた。以前から物好きな者が音の主を探しまわっていたが、見つかる気配はなかった。もちろん、実は妾《わたし》がと名乗り出る者もなし、そういう妓女を知っている、琵琶の巧《うま》い妓女がいるという話も聞こえてこなかった。

そもそも、地方の花街のことだから妓女の数は限られているし顔も名前もあらかた知られている。その状況で稼ぎ時の夜に川縁で琵琶を弾いていれば、そういえばその夜にはだれそれの姿を見かけなかったと気づくはずだ。だから、ずっと正体は謎のままになっていた。

それが、その夜にはあっさりと見つかった。

人が近づく気配をさせただけでふっつりと消える音が、その夜はなかなか途絶えなかった。結局はかなり近づいたと思われた時に琵琶の音は止んだのだが、それでも琵琶の主が完全に姿を消すには間に合わなかった。

「葦の中をそっと立ち去ろうとした女がいたそうで。これはということで張どのの前に改めて招いて訊いたところ、自分のしわざだと認めたというわけで」

「たしかにその妓女のしわざだったのかね」

「琵琶を抱えていたし、そもそも、夜中にそんなところにふつうの女がひとりでいるとは思えませんし」

「何のために琵琶を弾いていたというのかね、その女は」

「稽古のため、と申していたそうですよ」

「巧いのかね」

「と、いう話ですよ。少なくとも張の息子は、目の前で弾かせてみてすっかり気にいってしまったようで。女の方としても頼りない身だったのが、土地の豪族の後ろ盾がつくことになったわけで、よろこんで張家に身を寄せることを承諾したとか」

「やれ、せっかくの技芸を持った者が、たったひとりの囲い者になってしまうのか」

「あ、いや、名目としては家の者の師匠として迎えるという話ですよ、実質はどうか知りませんが。とにかく、張家は噂の琵琶の名人を手にいれたと大威張りで、ついては女の腕前を皆にも披露したいそうで」

「披露?」

「はい、なんでも近々、また宴席をもうけるそうで。見せびらかしたいのでしょうね」

「よほどの美女なのかね」

「さあ、そこまでは。いかがですか、招待があれば行かれますか、司馬左軍どのも」

「さあて、どうするかなあ」

とぼけたが、この上司が出かける気になっていることはその表情でわかった。

市でしゃがみこんで物売りの話を聞いている時とそっくりの微笑を、口もとに浮かべていたからだ。右の口角がわずかに上がり、目もわずかながらいつもより細められている。

「では、その時が来たらお教えいたします」

「その時」はほどなくやってきた。

「一族のだれだかの誕生祝いだそうで。かなりの長寿なので、それを祝って大がかりな宴席を設けるとかでめぼしい家の誰や彼やを招いています。私にまで招待が来ましたよ。どうです、司馬左軍どのもご一緒に」

人のよい笑顔で部下にさそわれて、

「そうだの、話の種ぐらいにはなるか。どうしようかのう」

即応したところをみると、ひそかに楽しみにしていたのかもしれない。

「女の素性はわかったのかね」

「元は、都の歌妓《かぎ》だったそうです。女の親、といっても本当のところは抱え主でしょうね、それが借金だか喧嘩だかが原因で、都に居られなくなったらしいです。金銭《かね》づるの女を連れて逃げてきたはいいものの、ここで病に倒れてひとり残されたとか。ここの花街で改めて抱え主を探すにも、女自身がいい年でそろそろ落籍《らくせき》を考える頃では、いまさら抱えたいという妓楼主もめったになかろう。かといって、嫁なり妾《めかけ》なりに行くにも女ひとりではどうにもならないし、夜毎、考えあぐねながら唯一、腕におぼえがある琵琶の稽古をしていたところ……というわけで」

「ふむ、おもしろい」

この話で、はじめてこの上司が素直に興味を示した。

「行く気になられましたか」

「まあ、そういう女を信じて家に容れた男の顔を、一度ぐらいは見てみてもよかろう」

「念のために言っておきますが、招待を受けたのは私ですから私が主、司馬どのは従となりますがよろしいですか」

「儂がおぬしの部下の顔をして行けばよいのだろ、そんなことはたやすいこと」

ということで、ふたつ返事で張の宴席に赴くことになった。

「……ところで、徳業どのは音曲《おんぎょく》の心得は？」

宴席にはなんの問題もなく居並ぶことが出来た。その席で、ぽつりと男が訊いた。

「私はさっぱり、不調法です。こんな田舎で、そんなものをじっくりと聞く機会はめったにないですし。なんでも、件《くだん》の女は、都にいた頃に穆《ぼく》やら曹《そう》やらとかいう師匠について習っていたという話ですが、司馬どのは都におられたわけですし、さぞや耳が肥えておられるのでは」

「まあ、多少は知っているという程度かの。年の功というやつだ」

「巧拙《こうせつ》は当然、おわかりに？」

「さあて、それもどうかの。まあ、じっくりと聞いてみて、徳業どのの感想が聞いてみたいと思ってな」

「聞けますかね」

と徳業が小さくつぶやいて周囲を見回したのは、そろそろ他の客にも酒がまわるだけまわり乱れてきたのを見てとったからだ。

縁者の誕生祝いというが、肝心の伯父だか叔祖父だかは高齢のために体調不良だとかで姿を見せていない。もちろん、やってきた客も特に失望の色はみせていない。皆、目当ては噂の妓女と噂の琵琶の音なのだから、いっこうに問題なしというところだろう。だが、もったいぶっているのかどうか、張某はなかなか女のことを持ち出さなかった。

「聞けるだろう。姿を見せなければ見せないでいいが、琵琶曲の一節でも聞かさなければ、妓女を手にいれたという証《あかし》にはならん。証がたてられなければ、自慢にはならん」

「それはまあ、そうですが」

「もっとも、できれば素面《しらふ》のうちに聞きたかったの」

と言いながらも、この上司は酒を口に運び、徳業にももっと呑むようにうながした。

「お強いですね。李白のようだ」

と、少し以前の詩人の名を出すと、

「当たらずとも遠からずといったところか。ところで、おぬし、ことばの使い方をまちがえているぞ。今夜は儂がおぬしより位が下だ」

「そう言うそちらも、まちがえてますすよ」

「おっと……」

首をすくめて、ふたたび周囲を見回した時だった。

「……む?」

宴席のざわめきにまじって、かすかな金属音が聞こえた。

九江は水辺の街だ。こういう宴会をひらく洒落《しゃれ》た楼閣は水に面して建てられていることが多い。徳業たちが招かれたこの広間もまた、水面《みなも》にせり出した欄干を持っていた。その水の方から音は流れこんできた。

耳ざとい者は酔い醒ましもかねて、さっそく欄干へととりついている。その外は、暗い水面とさわさわと鳴る葦原の影と、天空に冴え冴えとのぼった月が浮かんでいるばかり。

その殺風景な空間に、ほっともうひとつ灯りが点った。

水の表をすべるように動いてくる、その灯りのあたりから音が流れてくる。

小さな舟だった。

胴の間に簡素な屋根をつけた、このあたりの漁師がよく使う舟だ。その小舟の舳先《へさき》に松明《たいまつ》をいれた鉄籠を吊してある。

琵琶の音の主はおそらく、屋根の中にいるのだろう。曲を奏でながら、舟はゆっくりと酒楼の前あたりまで進んできて、速度をゆるめた。

その頃には、欄干はもう鈴なりの人だかりである。中には、小舟の屋根を見て「なんだ」とばかりに舌打ちして席に戻る者もいた。

徳業の上司も、ちらりと外を見てすぐ席にもどった口である。

「お気に召しませんでしたか？」

女の顔が見えなかったから興味を無くしたのかと揶揄《やゆ》してみると、

「なに、もともと琵琶の音を聞きにきたのだ。姿かたちは必要なかろう。人いきれの中で押し合いへし合いしながら聞く方が無粋というものだ」

なるほど、酒の回った男どもと肩を寄せ合って聞くものではないのはたしかだ。

「ここで、聞こえますか？」

「十分だろう。いい風だ」

蒸し暑い夏の終わりの風が、水面をわたって吹きつけてくる。その風にのって琵琶の音もふたりの居場所まで聞こえてきていた。

かすかにすすり泣くようにほろほろとつま弾かれる音が、やがて激流か滝のように押し寄せてくる。と思えば、風のように軽やかな旋律となり空を舞う。

まだ若い徳業の耳には、まるで別世界の音楽に聞こえた。

上司はといえば、半眼のままじっと聞き入っている。欄干に群がる客どももまたうっとりと黙って聞いていたが、やがて潮が引くように音色が消えると、「ほう……」と嘆息ともなんともつかぬ声が一同から漏れた。その時には、件の小舟は現れた時と同様、いつのまにか夜の闇と葦の間に行方をくらましていたのだった。

「いかがでした」

と、徳業も、ようやく目をひらいた上司に尋ねてみた。返ってきたのは感想ではなく、

「いかが、とは？」

という疑問だった。

「ですから、あの琵琶はいかがでした。さすがは都仕込みの……」

と勢いこむ若者を、片手の仕草で押しとどめて、

「まあ、その件は後日話そう」

珍しく、言葉を濁した。

「ですが……」

「そろそろ、退出する時刻だ」

なるほど、物見高い他の客は、まがりなりにも当初の、そして最大の目的を達成して満足気に帰り支度をはじめている。主催者の張家もまた、自慢するものをしてしまったので、これまた上機嫌で客を送り出している。

「張家の面子もこれで立った。これ以上、なにかいうこともあるまい」

そういうと、初老の上司はすたすたと先に立って楼閣を降りていってしまった。

後日、といったが、徳業がその話を聞けたのはずっとずっと後になってからだ。直後から官衙がなにやかやと忙しくなり、閑職の下の胥吏である徳業までが駆り出されて、落ち着かない日々を送ることになったからである。

その間、閑職の上司の方が何をしていたのか、徳業はまったく知らなかった。もともと、仕事もないのだから毎日顔を合わせるわけでなし、邸《やしき》は知っていても訪れたこともなし、接点は非常に少なかった上司である。だから徳業の自宅に、上司の顔が現れた時には心の底から驚いた。

「わざわざ、我が家までおでましとは何ごとですか」

「押しかけて迷惑だったかの？」

「いえ、そんな」

あわてて否定する徳業に、おだやかに笑ってみせて、

「ところで、先日から儂の古い友人が訪ねてきてくれているのだが」

ふっと別の話題に移った。

「はあ、それで」

「舟を手配してくれぬかの」

「舟、ですか」

「そう、舟。この前、張家の女が琵琶を弾いていたような、ああいう大きさがちょうどい

い」

「この寒さにですか？」

季節は変わって、すでに晩秋というよりは冬といっていい。いくら温暖な長江沿いとはいえ、冬となればやはり寒い。河の上ならなおさらのことだ。先日の張家の宴の時とは話が違う。寒風にさらされて風邪をひきこむ程度ですめば、まだましな方だ。

だが、この上司はけろりとした顔でうなずいてみせた。

「この寒さに、だよ。屋根があれば、まだ少しは寒さをしのげるだろうよ」

「……一隻でよろしいのですか？」

「一隻でよい。儂と友人とでなら、一隻で十分であろう」

「ご友人と舟遊び、ですか」

「都からわざわざ訪ねてきてくれたのだ。なにもできぬが、心ばかりのもてなしをしてやろうと思ってな」

「この季節にですか？」

「この季節にもまた、風情はあるだろうよ。ああ、もちろん船頭も手配を頼もうか。腕のよい、地理に詳しい者がいい。そのあたりはさすがの儂も不案内でな。あ、手間賃ははずむぞ」

その表情がなにか意味ありげにみえて、思わず問い返してしまった。

「なにを企《たくら》んでおいでですか？」

「気になるか？」

今度は本当にはっきりと思わせぶりに、初老の男は笑った。

「しかし、企むとはまた、大げさな」

「ではどういうおつもりですか」

「気になるなら、いっしょに来ればよい。酒肴は手配済みだ。一人ぐらい増えても十分なほどあるし、そこそこ美味いものを用意したぞ。男ばかりで殺風景かもしれんが、おもしろいことが起きるかもしれん」

「おもしろいこと？」

うむ、とうなずいたものの、それ以上は話そうとしない上司に、徳業は根負けした。

「わかりました。いつがよろしいですか」

「月が美しい夜がよいな、十三日か十四日。まあ、天候が悪ければ仕方がないが」

「では三日後ですね。なんとかしてみましょう。手配がついたら使いの者をやりますから、舟つき場においでください」

約束通り、三日後の夕刻に舟を用意させた場所に徳業が赴くと、すでにふたつの人影があった。

「おお、いろいろとすまなかったな」

腰掛けていた石から立ち上がった上司の背後から、「友人」とおぼしき姿がかるく会釈した。

瀟洒《しょうしゃ》、という形容詞がぴたりと当てはまる人物だった。長身で、年齢《とし》のころは徳業とその上司との中間ぐらい、いや、少し若いぐらいだろうか。旅先のためだろうか、身につけているものは質素、簡素を絵に描いたような品物なのだが、どれひとつとっても品のあるものばかりなのだ。

田舎とはいえ徳業もこのあたりでは裕福な家柄の出で、それなりに高級なものを身につけている。だが、夕刻の薄明かりの中でも、質の差は歴然としていた。

「儂の都での友人でな」

「李《り》と申します。お見知りおきを」

年下の徳業に、さらりと挨拶して笑った。

どういう友人だろうと、徳業は不審に思った。役人には到底見えない。一見、遊冶郎《あそびにん》に思えるが崩れた印象はない。

「さて、でかけようか」

挨拶を返す前に、声をかけられて舟に乗りこんだ。

舟にはすでに酒肴の支度《したく》がととのっていた。灯りはもちろん、冷えこむことを見越して暖をとる準備も万端である。三人が乗りこむと、舳先《へさき》に控えていた老船頭が静かに舟を出した。

しばらくは屋根のついた舟の中で、四方山話《よもやまばなし》に終始した。

旅の印象、都の話、この九江で見聞きしたことなどなど、あたりさわりのない、しかし徳業にとっても興味深いことをあれこれと話しつづけた。もっとも、徳業はもっぱら聞き手にまわることが多かったのだが。

年齢が離れているにもかかわらず、李と上司とは仲が好かった。遠慮無く、それでいて互いに敬意をもって話していた。

酒も肴も、どこで調達してきたのか美味だった。だが、このささやかな宴の主も客も、できるだけ酒は過ごさず食事も控えめにしておだやかな会話を引き延ばそうとしているようだった。

「ああ、いい月夜だ」

李が舟の外をながめて嘆息した。

「ふむ、思ったとおりいい風情になったな」

「そういえば……」

風流話に乗り遅れまいと、徳業が口をはさんだ。

「先日の琵琶の趣向はなかなかよかったと思うのですが、司馬どのはいかが思われました」

「張家の琵琶か。あれは、なかなかおもしろかった。ただし」

徳業が身を乗り出すところを押し戻すようにつけくわえて、にやりと笑った。

「まあ、あれほどの腕があれば心配あるまい」

意味ありげなことを口にした。

「それは……」

どういう意味、と訊く前に、

「この土地の方たちの評判はいかがだったのですか」

李が口をはさんだ。

口調からいきさつは耳にしていると判断した徳業は、

「おおむね好評でしたよ。司馬どののおっしゃったとおりなかなか巧かったし、舟の上で弾いてみせた趣向も評判がよかったですから」

「なるほど。一度、私も聞いてみたかったですね」

「まあ、聞き逃して損をしたほどではないな」

宴の主はばっさりと切って捨てた。

「それはどういう……」

徳業があわてて問い返すと、

「たしかに巧かった。だがあれは、穆やら曹やらの弟子ではない」

「そ、それは張家の女が嘘をついているということでしょうか」

「まあ、そうなるかな」

「証拠は」

「儂の耳」

しらりと言われたので、からかわれているのかと思った。だが本人は大真面目だし、李もだまってにこにこと聞いているだけで無言のうちに主を肯定している。

「つまり、穆やら曹やらの琵琶をお聞きになったことがある、と」

「無論」

「で、弟子の音色まで聞き分けられる、とおっしゃる？」

「さほどむずかしいことではないぞ。聞けばわかる」

「とはいえ……」

「信じるかどうかは、そなたの勝手だがな」

「ですが、張家の女もそれなりの技量だったのでしょう。それをいまさら、ちがうというのも……」

「いやいや、まちがえないでくれ。何もそれを暴きたてて騒ごうというのではない。ただ、な」

「ただ？」

「ただただ、儂の得心がいけばそれでいいのだ。そのために李どのに来てもらったのだから」

「わざわざ、都から招かれたのですか？」

これは、にこにこと笑いながら両者の会話を聞いていた李にむけて発した質問だ。李はさも当然という風に、

「ええ、おもしろそうだと思ったから来てみました。まあ、こんなことはこのお人には珍しくありませんでしたし」

さらりと肯定してみせたので、徳業は絶句するしかなかった。

「さて、ここでそなたが一曲、というのはどうかの、李どの」

話題を変えるように、主が言った。

「一曲？」

と聞き返す前に、李はどこからともなく細長い包みをとりだした。

「そうおっしゃる頃だと思っていましたよ」

細い、長い笛だった。

「せっかくですから、外にでましょうか」

船尾の方へ出ると、ひやりとした空気が身体全体を刺した。ほぼ中天《ちゅうてん》にある月は冴え冴えと白く、おぼろげな葦の群れを照らしている。水面の細波《さざなみ》が、きらきらとささやかな

ひかりを照り返している。その中を、細い小舟はするすると進んでいた。

李は船尾に軽く腰掛けると、笛を口にあてた。

楽器の形に似つかわしい細い音が、淡い闇の中に静かに流れ出した。

それほど音曲に詳しくない徳業にもすぐにわかった。

これは本物だ。

音色は月光に似ていた。笛の名手でなければこんな音色は出せない。ただ上っ面が巧いだけの人間にはこんな音は出せない。

ただただ聞き惚れるばかりの徳業の耳に、この宴の主の静かな声が届いた。

「儂はな、ここへ赴任してきてしばらくした頃、このあたりで琵琶の音を聞いたことがある」

「……例の琵琶、ですか？」

「おそらく、な。ああ、風流だと思った。あきらかにこのあたりの花街ではついぞ耳にしたことのない、都風の音色だった。こんな……と言っては申しわけないが、田舎でこれほどの曲が聴けるとはと驚いたし、うれしくなったものだ。儂もそう頻繁にここいらをうろつくわけにもいかんし、先方も毎夜、弾いているわけでもなさそうであったから、この三年で耳にしたのはさて、三度、いや四度あったかの」

「では……」

「うむ、そなたが噂話を持ちこんできた時にはすでに知っていた。というか、その頃には聞けなくなっていた。どうしたのだろう、病でも得たのだろうか、それともどこかへ移ったのだろうか、それとも……と心配していたところへ張家の話だった。人の家のものになるのは多少残念ではあったが、まあ、本人が望むのであればそれもまた善し、と思っていた」

笛の音が連綿と続いている。

細く長く、語りかけるように葦の間を縫って流れていく。

「それで、あの張家の宴だ。たしかに巧い琵琶だった。あれはあれで善いものだったよ。だが、儂の聞いた音色ではなかった。それで、知りたくなった」

「琵琶の音の主を？」

「それもある。それから、何故こんなところで琵琶を弾いていたのか、とか、何故、弾くのを止めたのか、とか。なにか深い事情があれば、訊《たず》ねてみたい。まあ、無理強いはせぬが」

李の笛はまだ続いている。

「あの笛の音につられて出てくることを期待されたのですね。ですが……」

「いや、別に出てくるまでもない。風流を解する者であればどうにかしてあの笛に応えたいと思うであろうよ。儂としては、あの琵琶の主の無事を確認できればそれだけでもよいのだ。ああ、かならずしも先方がここに来ているとは限らぬというのかな。それなら、今まで儂が琵琶の音を聞いたのは、すべて満月の前後だったからの。満月の前後の月明かりの冴えた夜であれば、まちがいないと思ったのだ」

「もしもそれで、今夜、件の琵琶の音が聞こえなかったら？」

「それはそれで、よかろう。李どのの笛で酒が呑めるのだ。都でもなかなかないぞ、こんなことは……」

　ふっと言葉尻が消えた。

　同時に、笛の音もふっつりと消えた。

「何が……」

　起きたのだと問う徳業のことばも、ふたりの仕草で押しとどめられた。上司は軽く、しわだらけの手を挙げただけ。李に至っては目線をふわりと移しただけだったのだが、なにしろ格が違いすぎた。

　すぐに、ふたりの仕草の意味は理解できた。

「琵琶……」

　弦をはじく音が、葦の合間をかきわけて届いたのだ。

「あの音ですか」

「……あれだ。まちがいない」

上司と李の間に、低い会話が交わされた。

「……全然、ちがう」

ふたりを否定したわけではない。むしろ逆だ。

徳業は自分の耳を疑った。正しくは自分自身を疑った。

これほどまでに違うものなのか。

音色の質がまったくちがう。

江上を渡る寒風の中に、凛と流れてくる音は極細の銀糸のようだった。張りのある、しかし際限なく深い音だった。

上司が「聞けばわかる」と言った意味がわかった。

笛の音が再び、流れはじめた。

琵琶に呼応して、李がまた新たな音を紡ぎはじめる。お互いにまったく別の曲を奏でながら、微妙に重なり微妙に途切れる、まるでひそやかな会話をするようなやりとりがいつまで続いただろう。

徳業には永遠のようにも思えたが、それはさほど長い時間ではなかったのだろう。

ふと我にかえると、周囲はしんとしずまりかえっていた。川の波が葦の間を流れていくかすかな音だけが聞こえる。中天ちかくに、真円にわずかに欠ける青い月が浮かんでいた。

李がほうと嘆息して、笛を膝の上に置くところだった。

「そこのお人」

聞き慣れた声が、舟の外へ静かに呼びかけるのが聞こえた。

「逃げないでくだされ。そのままでいてもらってけっこう。無理にお目に掛かろうとは思わぬ。正体を暴こうとも思うておらぬ。ただ、少しばかり訊ねたいことがあるのだ。笛の音に免じて、聞かせてもらえぬものだろうか」

葦原の向こう側にむけた声は、おだやかだった。さほど大声ではない。むしろささやくような、やわらかな声音だった。

黒々とした葦原の影のむこうは、しんとしずまりかえっていた。

「聞こえなかったのでは……」

「…………」

李に話しかけたが、目線でたしなめられた。

上司が舟の外に目をこらしながら、もう一度声をかけようとした時。

弦をはじく音がした。

「どちらさまでしょうか」

女の声だった。

それほど若くはない。三十そこそこといったところだろうか。

「どういうお方でしょうか、わたくしの何がお知りになりたいのでしょうか」

「ふむ」

と、身体をのりだしかけた男だが、なにかを思い直したように別の言葉を絞りだした。

「……名乗らずにおこうよ。お互い、知らぬままでいる方がいいこともあろう。ただ、その昔、京師《みやこ》でそなたの琵琶を聞いたことのある男だとだけ、告げておこう」

姿かたちは当然見えない。葦原のどこかにその声の主はいるのだろうが、見当のつけようもない。だが、女がはっと息を呑む気配がたしかに張りつめた空気を揺るがせた。

「……わかりました。たしかにそのとおりですね。それで、何をお知りになりたいのでしょうか」

「張家の女のことを、耳にしていようか」

「……はい」

「ここで琵琶を弾いていたのは、そなただったはず。張家の女の琵琶も聞いたが、似ても似つかなかった。にもかかわらず、偽者の噂が出て以来、今までそなたの琵琶はふっつりと聞けなくなった。そなたも承知の上のことであったのか?」

わずかな沈黙があった。

「承知といえば承知、知らぬことといえば、いっさいあずかり知らぬことでした」

短い言葉だったが、あらかたの事情はこれで十分だった。

おそらく、偽者の噂を聞いた時点で彼女は自分を封印したのだ。張家の女の事情を知り、相手の立場を守ってやるために今まで姿を消していたのだ。

「何のために？　見ず知らずの張家の女のためにか？」

「……妓女がときめいていられる時間は、短うございます」

深い嘆息が聞こえたような気がした。

「どれほどもてはやされた美女でも、時が過ぎ容色《ようしょく》が衰えれば見向きもされなくなります。技芸をもった者でも、行く末は同じ。うち捨てられて、顧みられることもない。あの張家の方もまた、同様。他人事とは思えませんでした。あの方が幸せになれるのなら、それでよいと思いました。この……この九江に、琵琶の音の違いを聞き分けられる方はいないのだし。……今夜、京師の笛の音を耳にするまではそう思っておりました」

「……すまぬことをした」

むりやりおびきだしたことを詫びたのだろう。

かえってきた女の声は、すこし微笑をふくんでいた。

「いいえ、久々に懐かしい音色を聞けました。黙っていられなくなったのは、妾《わたし》がいけないのです」

「しかし、それほどの腕を保《も》っているのなら、琵琶の師匠でもやっていけるだろうに」

「そんなことをしたら、あの方が困ることにもなりましょう。それに……」

わずかに女は言いよどんだ。

「それに、妾も今は商人の妻となっております。ひとさまの前に出るのは不都合というものでしょう。その上、このように音色を聞きわけられる方がいるということがわかったのですから。弾くのをやめたのは正しかったと思います。もともと、夫が商売で遠くへ行っている間、無聊《ぶりょう》を紛らわすためについつい手が伸びただけのこと。それも、今夜かぎりにいたします」

「……そうか」

と、男が得心したように嘆息をもらしたのは、「琵琶を弾くのをやめる」という部分にではなかったような気がした。

「最後によい思い出ができました。餞《はなむけ》を、ありがとうございました」

「……こちらこそ、礼をいう」

引きとめないのかと徳業は訊《き》きたかった。ここで消え去るにはいかにも惜しいと思った。

だが、応援を求めて李に振り向けた視線は、静かな否定で報われた。

「では、これで。どうぞ……どうぞお健《すこ》やかに」

「うむ」

ひょっとして……と徳業は思った。

上司と葦原のむこうの女とは、顔見知りだったのではないか。さらに、この李もまたふたりのいきさつを知っているのではないか、と。

何の確証もない。

ふたりの会話の中にも、手がかりはなかった。ただ、たしかにわずかではあるが互いへの気遣いが漂っていた。

琵琶の音がふたたび、水面の上へ流れだした。

「出してくれ」

低く、ひとこと告げられた声に李が反応した。

「よろしいのですか、もう少し……」

「よいのだ」

李のひそひそとした問いかけに静かに、しかしきっぱりと決断がくだされた。

「船頭どの」

応える声がないまま舟は音もなく滑り出した。寒々とした中天からすこし傾いた月が、川面に跳ね返り無数に砕けてきらきらと輝いた。その月が傾いている方角へと舟は舳先を向けている。

琵琶の音は細く長く続いている。

その音に水の音、風の音が混じりはじめ、やがてはるか後方へ消えかけるところだった。

「明日、京師へ戻ります」

李がぽつりとつぶやいた。

「うむ」

「京師の知人たちに、近況をお知らせしておきますよ、白司馬《はくしば》どの、いえ、楽天《らくてん》どの」

「うむ、よしなにな」

「皆、また詩を読ませていただくのを楽しみにしております」

もう、琵琶は聞こえなくなっていた。

新装版あとがき

このたびは『朱唇』を手にとっていただきましてありがとうございます。

中国史というと、男性中心というイメージがあると思います。ですが、調べていくと女性の姿も見えかくれしてきます。最初にそれを感じたのは、巾幗英雄（女性の武人）を書くという仕事をした頃でした。中国や香港で資料になる本を探しているうちに、関連してさまざまな立場の女性の名前や物語が集まってきました。伝説の美女に始まり、皇帝の后妃や貴族の妻や娘、女流詩人や文筆家、才女とうたわれた人もいれば悪女と誹《そし》られる人も、記録には姓のみどころか名すら残っていない存在も。それを機会があるたびに少しずつ、書かせていただいてきました。

その中で、花街で生きた人たちの物語をまとめました。

現代の感覚でいえば、倫理的にも人権的にもあり得ない存在かもしれません。ただ、名もなき妓女たちが大勢、存在したのは事実です。ここで語ったのは、名や逸話が残っているほんとうに稀有な例です。その彼女たちを通じて、そんな境遇の中でもせいいっぱいに花を開かせた人の存在を少しでも感じていただければと思います。

ちなみに、「朱唇」「背信」「断腸」は、明末の南京の花街を回想した『板橋雑記《はんきょうざっき》』から題材を採りました。

「牙娘」は唐代の平康坊の様子を描いた『北里志《ほくりし》』の中の一篇から。

「歩歩金蓮」には特に底本はありませんが、北宋を舞台にした『水滸伝』にも名が残る妓女を。

「玉面」は清初期の随筆『閲微草堂筆記《えつびそうどうひっき》』の中の一話を脚色、「名手」は、唐代の漢詩『琵琶行』から着想を得ました。

時代ごとに妓女の身分には差異がありますし、同じ時代でも個人ごとに条件がそれぞれ違うので一概に語れません。正直、文献だけが頼りだったので不備もあると思いますが、ご容赦を。

なにはともあれ、ご一読いただければ幸いです。

二〇二三年十月吉日　井上拝

参考文献

『東洋文庫29　板橋雑記　明代名妓列伝／蘇州画舫録』余懐・西渓山人著　岩城秀夫訳　平凡社
『東洋文庫549　教坊記・北里志』崔令欽・孫棨著　斎藤茂訳注　平凡社
『東洋文庫598　東京夢華録　宋代の都市と生活』孟元老著　入矢義高・梅原郁訳注　平凡社
『中国怪異譚　閲微草堂筆記　下』紀昀著　前野直彬訳　平凡社

解説

佐藤信弥

中国では古来より、妓女《ぎじょ》をテーマとした物語が多く書かれてきた。たとえば唐代伝奇には妓女が恋人を支えて科挙に合格させた『李娃伝《りあでん》』など、妓女を主人公としたものがあるし、後の時代にも明末清初《みんまつしんしょ》を舞台として妓女と文人の恋愛を描いた『桃花扇《とうかせん》』がある。我が国でも詩才に恵まれながらも、恋人との仲を疑い嫉妬のあまり侍女を殺した妓女を題材とする森鷗外《もりおうがい》の『魚玄機《ぎょげんき》』のような小説が書かれている。

単に妓女が脇役として登場するだけなら、本書でも主人公となっている李師師《りしし》が登場する『水滸伝《すいこでん》』など、更に多く存在する。もちろん近年日本でも盛んに放映・配信されている中国の時代劇でも必ずと言っていいほど何らかの形で妓女が登場する。二〇二二年の大ヒットドラマ『夢華録《むかろく》』は、元曲を題材に妓女や元妓女たちの奮闘を描いて話題となった。

本書『朱唇』はその各時代の妓女を題材にした短編集である。

本書に収録されている作品にはいずれも出典となる文献がある。以下では野暮と承知で、各作品の内容を元ネタと比較してみたい。当然各作品の、いわゆるネタバレをしている箇所もあるので、本を手に取ったら先にあとがきや解説から読むという読者（実は筆者もそうである）は、本文をひと通り読んでから目を通して頂きたい。

「朱唇」

本書の表題作である。舞台は明末清初の南京《ナンキン》。妓女の王月《おうげつ》と常連客の孫克咸《そんこくかん》はお互い憎からず思い合っていたが、王月のプライドの高さが災いしたこともあり、添い遂げることはかなわず、王月は別の男に身請けされることとなる。孫克咸も別の妓女と一緒になるという展開である。

作中の主要人物については、明末の南京の旧院や珠市の状況についてまとめた『板橋《はんきょう》雑記《ざっき》』にそれぞれ略伝があり、本編の展開や人物設定はおおむねそれに沿っている。作中の女状元《おんなじょうげん》のこともこの書に見える。王月、孫克咸らの最期についても同様である。二人のすれ違い自体はどこにでもありそうなものだが、王朝交替期という乱世が二人を悲劇的な最期へと導く。

「背信」

舞台はやはり明末清初の南京である。妓女の頓文《とんぶん》は祖父の意向で身請けされることになる。しかしその祖父が身請け金を持ち逃げしてしまい、祖父が見つかるまで自宅で監視されることになる。見かねた頓文の客・余懐《よかい》が名士の王子其長《おうじそちょう》に救出を依頼する。それが縁となって頓文は王子其長に惚れてしまうが、彼は頓文の想いにこたえず、頓文がそれを怨んである行動を起こす。

これも『板橋雑記』に出典があり、やはり話の筋はおおむねこの書の頓文の略伝に沿ったものとなっている。ただし頓文の密告の件《くだり》は作者井上祐美子による創作であり、元ネタと比べて悲劇性が強調されている。『板橋雑記』と言えば、本編に登場する余懐はこの書の著者である。本編と同様に彼が頓文の救出に関与したことも同書に見える。

本編に悪役として名前が出て来る阮大鋮《げんだいせい》は実在の人物であり、『板橋雑記』にその名が見えるほか、同時期の南京の旧院を描く『桃花扇』でもやはり悪役として登場する。

また、『桃花扇』でヒロイン李香君《りこうくん》（彼女のことは「朱唇」でも触れられている）と恋仲となる侯方域《こうほういき》は復社《ふくしゃ》という政治結社に参加していた。復社は宦官《かんがん》と結託する閹党《えんとう》とは対立関係にあった。本編の王子其長は政治運動に関与していたようだが、この復社のシンパであったのかもしれない。なお、『板橋雑記』では王子其長が捕らえられた事情は詳しく触れられていない。

「牙娘」

唐《とう》代後半期、宣宗《せんそう》の時代の長安《ちょうあん》が舞台である。鉄火肌の妓女・牙娘《がじょう》は、朋輩の「天水《てんすい》仙哥《せんか》」こと趙絳真《ちょうこうしん》が宰相の息子・劉覃《りゅうたん》に侮辱されたことに憤り、自身の常連客である李《り》生《せい》の協力を得て復讐を企てるという筋立てで、香火兄弟《こうかきょうだい》と呼ばれる妓女同士の絆の強さがテーマとなっている。

本編は唐代の北里《ほくり》で活躍した妓女のことを記述する『北里志《ほくりし》』に題材を得ている。まず牙娘の略伝に、宰相の末子の夏侯表中《かこうひょうちゅう》が牙娘に戯《たわむ》れ、頰を引っぱたかれて顔を傷つけられ、知貢挙《ちこうきょ》の家に集まった際に事情を告げ、人に笑われることになったという話が見える。ただし夏侯表中は本編の劉覃と違って叱責《しっせき》されたわけではない。

そして天水仙哥の略伝では、劉覃が彼女を宴席に呼ぼうとするが、彼女はいつも世話役の者としめし合わせて用事だと言って断ったので、劉覃はどんどん報酬を増していく。しまいに痺れを切らして、下役の者に病中で臥せっていた彼女を無理やり連れて来させたので、その容貌は見られたものではなかったとある。こちらでは劉覃のバカげた行状に批判的な見方をしつつも、天水仙哥の方も自業自得と言いたげな筆致である。

本編は『北里志』に見える天水仙哥と牙娘の略伝の内容を合成したうえで痛快な復讐譚に仕上げている。

「玉面」

舞台は清朝雍正《ようせい》年間初年。「玉面狐《ぎょくめんこ》」こと妓女の湘蓮《しょうれん》は、米の不作で売りしぶりが続く状況を何とかしようと考え、香火兄弟とともに芝居を打ち、自分の常連客である業突《ごうつ》く張《ば》りの米屋の馮老爺《ふうろうや》を「他人が自分を身請けしようとしている」と騙して焦らせる。馮老爺は相手より先に湘蓮を身請けするために金を作ろうと、溜め込んでいた米を安価で放出する。

本編ではこれまでの話とは異なり、妓女たちが男性の助けを借りずに問題を解決に導く。出典は清代の短編小説集『閲微草堂筆記《えつびそうどうひっき》』である。その一編に、「玉面狐」というあだ名の妓女が偽りの身請け話によって、穀物を蓄えている金持ちからこれを吐き出させるという話が見える。湘蓮という名前や香火兄弟とのつながりは作者の創作のようである。作者はこれを下敷きに痛快かつコミカルな話として描き出している。

ちなみに本書で参考文献として挙げられている前野直彬《まえのなおあき》による『閲微草堂筆記』の訳本では、玉面狐の話に「女俠」という表題を付けている。

「歩歩金蓮」

舞台は北宋《ほくそう》の都の開封《かいほう》。時の皇帝徽宗《きそう》は名妓・李師師《りしし》の常連客となる。彼女は徽宗から自分の妃嬪《ひひん》になるよう請われるが拒絶する。しかし金《きん》によって北宋が滅ぼされ、捕虜として連行される徽宗のもとに姿を現したのは……。

李師師は、本書に参考文献として挙げられている『東京夢華録《とうけいむかろく》』など諸書にその名が見える名妓である。徽宗の時代を描いた『水滸伝』にも、梁山泊《りょうざんぱく》の好漢が朝廷に帰順を求める際に彼女を通じて徽宗と対面したという話が見える。先に挙げた魚玄機などとともに、中国の妓女の中では著名な部類であろう。

周邦彦《しゅうほうげん》が李師師の客として遊んでいる際に不意に徽宗が訪れ、寝台の下に隠れて事なきを得たという話は、南宋時代に書かれた『耆旧続聞《ききゅうぞくぶん》』に見える。北宋滅亡後に李師師がどうなったかは諸説あってよくわからないようであるが、本編ではこれを創作で補い、悲哀を感じさせる話でまとめている。

「断腸」

「朱唇」「背信」と同じく明末清初の南京を主要な舞台として話が進められていく。これまでの諸編と打って変わって男性が主人公となっている。楽人《がくじん》として花街に生きる張魁《ちょうかい》は、顔に白点が次々に生じる皮膚の病を患《わずら》い、懇意にしていた妓女の顧媚《こび》の伝手《つて》で治療するが、今度は顧媚との関係をやっかむ者が現れて対処を迫られるという物語である。

前二編と同様に本編も『板橋雑記』の顧媚と張魁の略伝を題材としている。『板橋雑記』には顧媚が龔鼎孳《きょうていじ》に身請けされたことのほか、彼女が子どもに恵まれず、香木《こうぼく》で赤子を作り、それが人々から「人妖」と呼ばれたことなど、その後の行状が見える。

出典として、より本編と関係が深いのは張魁の略伝の方である。ただしこちらでは顧媚との関係については書かれておらず、皮膚の病を治すのにも彼女の助けを借りていない。その後龔鼎孳の支援を得て茶の行商人になっているので、彼の方とは旧知の間柄だったのかもしれない。作者は龔鼎孳を媒介にして顧媚の話と張魁の話を結びつけ、激動の時代を生きる男女の友情物語に仕立てている。張魁の最期についても、『板橋雑記』は話の筋は同じでもごくそっけない書き方だが、本編ではこれを膨らませて余韻を持たせている。

明末清初は、銭謙益《せんけんえき》と柳如是《りゅうじょぜ》との恋愛など、中国の歴史の中でも文人と妓女との恋愛が特に注目され、盛んに語られた時代である。この時代を描いた作品が本書で計七編中三編と半分近くを占めるのは、決して故《ゆえ》のないことではない。

「名手」

これも男性が主人公の一編である。舞台は唐中期の九江《きゅうこう》。街で夜な夜などこからともなく琵琶の素晴らしい音色が聞こえるようになり、評判となる。その頃、街の名家である張家の当主が都から流れてきた妓女を拾い、琵琶の音色は彼女の仕業であると判明する。その妓女の琵琶の演奏が張家の宴で披露されることになり、都から左遷《させん》されてきた司馬左《しばさ》軍《ぐん》が部下の徳業《とくぎょう》とともに宴に出席する。その音色を聞いた司馬左軍は、都から旧友を呼び寄せるが――。琵琶の音が語る真実とは？

本編にはある有名な詩人が登場する。彼は九江に所在していた時にいくつか代表作となる詩を作っている。本邦の『枕草子《まくらのそうし》』で取り上げられている詩はその際に作られたものである。そして本編はこの人物が九江に所在した際の、妓女との出会いを詠《よ》んだという体で作られた「琵琶行《びわこう》并序《ならびにじょ》」を下敷きにしている。詩や序文に書かれている出来事が実際に起こったものかどうかは議論があるようであるが、本編はこれを題材に妓女の正体をめぐるミステリー仕立ての作品となっている。

以上のように、長い時を経《へ》て古籍《こせき》の中にその活躍ぶりが埋もれてしまっていた妓女たちを、本書では巧みな構成と筆致でもって現代に甦《よみがえ》らせている。

本書収録の七編はそれぞれに魅力があるが、筆者としては明末清初を舞台とする「朱唇」「背信」「断腸」の三編を推したい。王朝交替の動乱期でなければ、彼女ら、彼らは果たしてどうなったのだろうかと、つい想像してしまうのである。

（さとう・しんや　中国史）

単行本　二〇〇七年二月　中央公論新社
文　庫　二〇一〇年三月　中公文庫

中公文庫

新装版《しんそうばん》
朱《しゅ》　唇《しん》
——中華妓女短篇集《ちゅうかぎじょたんぺんしゅう》

2023年10月25日　初版発行

著　者　井上祐美子《いのうえゆみこ》

発行者　安部 順一

発行所　中央公論新社
〒100-8152　東京都千代田区大手町1-7-1
電話　販売 03-5299-1730　編集 03-5299-1890
URL https://www.chuko.co.jp/

ＤＴＰ　平面惑星
印　刷　三晃印刷
製　本　小泉製本

Published by CHUOKORON-SHINSHA, INC.
Printed in Japan　ISBN978-4-12-207425-5 C1193

た-13-5
十三妹《シイサンメイ》　武田泰淳
強くて美貌でしっかり者。女賊として名を轟かせた十三妹は、良家の奥方に落ち着いたはずだったが……中国古典に取材した痛快新聞小説。〈解説〉田中芳樹
204020-5

た-13-7
淫女と豪傑　武田泰淳中国小説集　武田泰淳
中国古典への耽溺、大陸風景への深い愛着から生まれた、血と官能に満ちた淫女・豪傑の物語。評論一篇を含む九作を収録。〈解説〉高崎俊夫
205744-9

み-22-22
水滸伝　虚構のなかの史実　宮崎市定
史書に散見する宋江と三十六人の仲間たちの反乱は、いかにして一〇八人の豪傑が活躍する痛快無比な伝奇小説『水滸伝』となったのか？〈解説〉礪波　護
206389-1

み-36-7
草原の風（上）　宮城谷昌光
三国時代よりさかのぼること二百年。劉邦の子孫にして、勇武の将軍、古代中国の精華・後漢王朝を打ち立てた光武帝・劉秀の若き日々を鮮やかに描く。
205839-2

み-36-8
草原の風（中）　宮城谷昌光
三国時代に比肩する群雄割拠の時代、天下に乱立する英傑と鮮やかな戦いを重ね、天下統一へ地歩を固める劉秀。天性の将軍・光武帝の躍動の日々を描く！
205852-1

み-36-9
草原の風（下）　宮城谷昌光
いよいよ天子として立つ劉秀。その磁力に引き寄せられるように、多くの武将、知将が集結する。光武帝の後漢建国の物語、堂々完結！〈解説〉湯川　豊
205860-6

み-36-10
歴史を応用する力　宮城谷昌光
中国歴史小説の第一人者が、光武帝や、劉邦ら中国史上名高い人物の生涯をたどりつつ、ビジネスや人間関係における考え方のヒントを語る。文庫オリジナル。
206717-2

み-36-11
呉漢（上）　宮城谷昌光
貧家に生まれた呉漢は、運命の変転により、天下統一を目指す劉秀の将となるが……。後漢を建国し、中国統一を果たした光武帝が最も信頼した武将を描く。
206805-6